織田作之助と蛍

奥本大三郎随想集

奥本大三郎
Daisaburo Okumoto

教育評論社

奥本大三郎随想集　織田作之助と蛍

目次

Ⅰ　作家論

Ⅱ　鶏肋集

絵画と書

読書

生き物

その日、その日

時代遅れの記

＊本書では引用に際し、旧字体は新字体に、歴史的仮名遣いは現代仮名遣いに改めた箇所がある。
また、読みやすさのため、難読と思われる漢字にはふりがなを付すなどした。

装幀＝間村俊一

Ⅰ　作家論

織田作之助と蛍

蠑螈（いもり）の黒焼き

ちょっと古い映画、たとえば小津安二郎の「東京物語」（一九五三年）などを観ていると、登場人物たちがばたばたとしきりに団扇を使う。家の中に蚊がいるのである。食卓には蠅。そのもっと前なら蚤や虱、戦地の兵隊さんたちには南京虫。

それだけ生活の中に虫が多かったのであるが、そんな事は今ではほとんど忘れられている。逆に、四畳半に蚊帳を吊ってその中で寝る風情など、今の若者は体験できまい。俳句、和歌、川柳、日本画、そしてちょっとした日用品に描かれた虫の絵についての感じ方も、若者はガイジン風になってきているのではないかと思う。

日本の国土は南北に長く、適度な雨量と日射に恵まれているために、多種多様の昆虫が棲ん

＊織田作之助（一九一三―一九四七）――「オダサク」の愛称で知られる大阪生まれの作家。代表作は『夫婦善哉』など。小説の他、評論でも活躍した。

でいる。「豊葦原瑞穂国(とよあしはらのみずほのくに)」と昔は言ったけれど、このアジアモンスーン地帯では、そもそも水田も畑も、放っておけば、多種多様の害虫の天国になってしまう。虫から見れば、農地は、イネ・ムギ・野菜・果樹など、美味しい食べ物の異常繁殖する天国のようなものだからである。

そして、家屋は隙間だらけで、虫が好きなように出たり入ったりしたし、郊外は今で言う里山そのものであった。そしてその里山は、小学唱歌に歌われた自然の広がる世界だったのである。「兎追いし彼の山……」と歌ったのは、全校生徒で山狩りをして、追いつめたノウサギは、ペットにしたのではない。鍋に入れて美味しく食べた。もっとも、兎がそんなにたくさん捕れるわけではないから、その肉や骨はダシを取る程度。イモやダイコンで腹を満たしたのである。座敷で昼寝をしていると、黒と黄のまだら模様のヤンマが窓から入って来ては、また出て行った。これにはドロボーヤンマという別名がちゃんとあった。

夜は夜で、庭中に虫の声が満ち満ちていた。

そのため西洋の、たとえば北欧のように寒冷な国では考えられないほど虫が多い。したがって、日本では文学、美術、工芸の世界にも、虫のモチーフが自然に多くなるというわけである。

一方で、地中海沿岸地方、アフリカ、中国、東南アジアなどには、乾燥したり湿潤だったりの全く違う風土があり、人と虫との関係も、日本とは全く異っている。

ここで織田作之助をまっ先に取り上げたことには特に理由があるわけではない。私が大阪生まれで、この作家のものを折に触れて読んでいる、そしてその作品のところどころに虫が出てくるのが嬉しい気がするというだけのことである。織田が精力的に作品を発表したのは、終戦間際の昭和十九年頃から数年間で、敗戦直後の、まだ焼け跡闇市のあった頃である。

子供の時に聞き慣れた言葉というものは誰にとっても懐かしい。筆者の場合は、それが大阪弁、それも南の方の和泉の地言葉なのであるが、織田作之助の小説を読んでいると、作中人物の遣う言葉は市内、天王寺あたりのものに違いないと思われる。しかし、そこにも河内や和泉や和歌山の方言が交じっているようで時々、行間からその地声が聞こえてくるような気がする。関西の言葉は、今私が住んでいる東京周辺の関東弁とは、そもそも発声からして違うようで、腹の底から声を出すような人がいる。

織田作之助に「アド・バルーン」（一九四六年）という作品がある。主人公の名前はなかなか出てこないのだが、小説を読み進むうちにこれが長藤十吉という、二十七か八の人物であることが分かって来る。父親は円団治という落語家。家庭はそれほど裕福ではなさそうだが、円団治は千日前の一流の寄席に出、時にはラジオにも出るというのであるから売れっ子である。

十吉が生まれて一年も経たぬうちに日露戦争が始まったと説明がある。したがって十吉は明治三十六、七の生まれということになる。

この芸人の父親は、女にもてると言えばいいのか、だらしないと言えばいいのか、あるいは酒と女は芸の肥やし、ぐらいのことをうそぶいていそうだが、とにかく女房がよく代わる。大阪出身の洋画家、鍋井克之が、実在の落語家、あの桂春団治について語った時の表現を借りると、「細君が何回となく代わり、また同時に準細君的女性の存在があって……」ということになるが、この小説の主人公の父親にもそれがそのまま当てはまりそうである。

そんな、普通の勤め人の家庭とはまるで違った家に十吉は生まれて来た。まあ、十吉の母親は、彼を産んですぐ死んでしまったのだから仕方がないのだが、育ててくれる人がいなくて、河内の百姓屋に里子に出され、七歳の時に実家に戻されてみれば、もと南地（なんち）の芸者だった浜子という継母がいた。そこに三味線引きのおきみという婆さん、そして新次という腹違いの弟がいて、一緒に暮らしている。

小説はすぐ、十吉の幼時の回想になる。夕刻、父とおきみ婆さんが寄席に出るために家を出ると、買い物好きの浜子は家にじっとしてはいられない。男の子二人を連れて夜店に出かける。家は高津神社の裏手にあるから、二つ井戸や道頓堀の盛り場まではすぐである。

> 家を出て、表門の鳥居をくぐると、もう高津表門筋の坂道、（……中略……）その降りて行く道は、灯明（とうみょう）の灯が道から見える寺があったり、そしてその寺の白壁があったり、曲り角

の間から生國魂（いくたま）神社の北門が見えたり、入口に地蔵を祠（まつ）っている路地があったり、金灯籠を売る店があったり、稲荷を祠る時の巻物をくわえた石の狐を売る店があったり、蓑虫の巣でつくった銭入れを売る店があったり、赤い硝子の軒灯に家号を入れた料理仕出屋があったり、間口の広い油屋があったり、赤い暖簾の隙間から、裸の人が見える銭湯があったり（……）

（「アド・バルーン」『織田作之助選集』第二巻、中央公論社）

実を言うと、これは、東海道線の鉄道線路をてくてく歩きながらの回想の物語なのである。このあたり、オダサクは小説に映画的な手法を試みているような気がする。

主人公の十吉は、東京に行ってしまった女に会いたい。しかし金がないから線路伝いに徒歩で東京まで行こうと無茶なことを思いついて実行する。そして、歩いていると、様々な想いが脳裏を去来するというのである。特に幼時の想い出——幼い時から親しんだこの「寺町の回顧的な静けさと、ごみごみした市井の賑やかさがごっちゃになったような趣き」がまざまざと想い出される。

その理由は「ここはちょうど大阪の高台の町である上町と、船場島ノ内である下町とをつなぐ坂であるからだ」というわけ。主人公と作者とが、ここでは一致している。

それにしても今の我々の目から見れば、ずいぶん変なものを売っている。金灯籠とはどんなものかよく分からないし、巻物をくわえた石の狐なぞは、一般の客に売るものではないだろう。当時は、庭にお稲荷様を祀る人が、それを相手にして商売になるほどいたのであろうか。

この中で、直接虫に関係があるのは、「蓑虫の巣でつくった銭入れを売る店」だが、これは、木にぶら下がっている蓑虫を取ってきて、中にいるミノガの幼虫またはメスの成虫を取り出し、表面の粗い木の小枝や枯れ葉などを丹念に剥がしてから全体を裏返し、中の白い絹張りの部分を表にしたもので、何匹分も貼り合わせると、財布や紙入れにちょうどいい。かつてはよく見られたものであるし、筆者も作ってみたことがある。

浜子と男の子二人の散歩はまだまだこれからである。

坂を降りて北へ折れると、市場で、日覆を屋根の下にたぐり寄せた生臭い匂いのする軒先で、もう店をしもうたらしい若者が、猿股一つの裸に鈍い軒灯の光をあびながら将棋をしていましたが、浜子を見ると、どこ行きでンねンと声を掛けました。すると、浜子はちょっと南へと言って、そして、あんた五十銭罰金だっせエと裸かのことを言いました。市場の中は狭くて暗かったが、そこを抜けて西へ折れると、道はぱっとひらけて、明るく、二つ井戸。(……)

(同前)

作者は、あたかも、ものの覆いをさっと取り去るように、「二つ井戸の光の世界」を紹介する。まさにディスカヴァーである。そしてこの、継母に連れられて初めて見たこの夜店の灯りのことが忘れられないと十吉は言う。それにしても、「道はぱっとひらけて、二つ井戸」とは、口調がよい。この口調の良さはオダサクの命であり、あえて言えば西鶴譲りなのである。

実際、七歳の夏まで河内の農家にあずけられていた少年にとって、この盛り場の賑わいは別世界に違いなかった。田舎の夜は、月夜でなければ真っ暗闇で、蛙が大声で鳴いている、それに時々五位鷺(ごいさぎ)か何か、ギャーという気味の悪い奇声が交じるだけである。

夜は暑くても雨戸を立て、蚊帳を吊って早く寝てしまうだけの時間である。

それに第一、いつまでも起きているとランプの油がもったいない。

それに較べてこの明るさ、人の賑わいはどうであろう、十吉は「その時見た夜の世界が私の一生に少しは影響した」と語る。

しかしここでも、肝心の商品は今の我々からするとちょっと変なものばかり。オダサクは、「……があったり」の連続の、手品師がトランプのカードを口から次々にいくらでも繰り出すような文章で、濃密に描写する。日本語の分からない人が聞いたら、ga attari という音がやたらに耳につくことであろう。

「裸云々」は、当時、不平等条約改正のために、日本が文明国である事を示そうとして、街中で裸になることをうるさく取り締まったことがその後も続いたからであろう。市電の中などにも「太腿お断り」と書いて貼ってあったそうである。行儀悪く着物の前をはだけるな、というのである。そしてここは、若い男の裸に、若い浜子が反応したということか。

（……）オットセイの黒ずんだ肉を売る店があったり、猿の頭蓋骨や龍のおとし児の黒焼を売る黒焼屋があったり、ゲンノショウコやドクダミを売る薬屋があったり、薬屋の多いところだと思っていると、物尺（ものさし）やハカリを売る店が何軒もあったり、岩おこし屋の軒先に井戸が二つあったり。そして下大和橋のたもとの、落ちこんだように軒の低い小さな家では三色ういろを売っていて、その向いの蒲鉾屋では、売れ残りの白い半平（はんぺん）が水に浮いていた。猪の肉を売る店では猪がさかさまにぶら下っている。昆布屋の前を通る時、塩昆布を煮るらしい匂いがプンプン鼻をついた。ガラスの簾（すだれ）を売る店では、ガラス玉のすれる音や風鈴の音が涼しい音を呼び、櫛屋の中では丁稚が居眠っていました。道頓堀川の岸へ下って行く階段の下の青いペンキ塗の建物は共同便所でした。芋を売る店があり、小間物屋があり、呉服屋があった。「まからんや」という帯専門のその店の前で、浜子は永いこと立っていました。

（同前）

何故か突然「いました」「でした」と口調が変わる。まあ、それはさておき、今はもうあまりなくなってしまった商売が黒焼屋で、昔は何でも黒焼きにして、病人や癇の強い子供に飲ませたものである。赤蜻蛉の黒焼きが子供にいいとか、蠑螈の黒焼きが惚れ薬になるとか言ったものである。タツノオトシゴは何に効くのか知らないが、オットセイの肉も強精剤の類いであろう。猪の肉は、精力がつき、その上美味しい。いずれにせよ、売り物の中には、野外で採集して黒焼きにしたり、ちょっと干したぐらいのものがたくさんある。

塩昆布を根気よく煮ることは、「夫婦善哉」（一九四〇年）の主人公、柳吉の大好きなひまつぶしである。塩昆布は大阪の言わば常備菜で、店主に理解のある店では、丁稚は夕方ぎりぎりまで店の仕事をした後、これでお茶漬けをさらさらとかっ込んで、走って夜学に行った、とこれは筆者の父から直接聞いた話。「それで栄養不良で、肺病にならはったんやわ」と後で母が付け加えた。その父も明治三十七年の生まれであったから、この十吉と歳はあまり変わらない。

継母の浜子は帯に夢中、そしてしょっちゅう連れられて来ている腹違いの新次はあくびなどしているが、十吉は光の世界に魅せられてしまった。これも資質の違いというものであろう。

（……）私はしびれるような夜の世界の悩ましさに、幼い心がうずいていたのです。そして前方の道頓堀の灯をながめて、今通って来た二つ井戸よりもなお明るいあんな世界がこの世にあったのかと、もうまるで狐につままれたような想いがし、もし浜子が連れて行ってくれなければ、隙をみてかけだして行って、あの光の洪水の中へ飛び込もうと思いながら、「まからんや」の前で立ち停っている浜子の動き出すのを待っていると、浜子はやがてまた歩きだしたので、いそいそとその傍について堺筋の電車道を越えた途端、もう道頓堀の明るさはあっという間に私の躰をさらって、私はぼうっとなってしまった。（同前）

十吉はもはや光の虜である。その様は幻惑される、というのでは足りない。全身全霊を灯りに捕らわれてしまっているのである。古代のギリシャ人は、焔に惹かれて燃え盛るその中に、自殺でもするように飛び込む蛾の姿を不思議がり、これを新しく生まれ変わるための死と解釈した。彼らは蛾をプシュケーと称び、またその言葉に「魂」の意を込めたが、今の十吉は、自分で言うように、まさに蛾なのである。

目安寺を出ると、暗かった。が、浜子はすぐまた私たちを光の中へ連れて行きました。お午の夜店が出ていたのです。お午の夜店というのは午の日ごとに、道頓堀の朝日座の角から千日前の金刀毘羅通りまでの南北の筋に出る夜店で、私は再び夜の蛾のようにこの世界にあこがれてしまったのです。

おもちゃ屋の隣に今川焼があり、今川焼の隣は手品の種明し、行灯の中がぐるぐる廻るのは走馬灯（まわりあんど）で、虫売の屋台の赤い行灯にも鈴虫、松虫、くつわ虫の絵が描かれ、虫売りの隣の蜜垂（みた）らし屋では蜜を掛けた祇園だんごを売っており、蜜垂らし屋の隣に何屋（なにや）がある。と見れば、豆板屋、金平糖、ぶつ切り飴もガラスの蓋の下にはいっており、その隣は鯛焼屋、尻尾まで餡がはいっている焼きたてで、新聞紙に包んでも持てぬくらい熱い。そして、粘土細工、積木細工、絵草紙、メンコ、びいどろのおはじき、花火、海豚の提灯、奥州斎川孫太郎虫、扇子、暦、らんちゅう、花緒、風鈴……さまざまな色彩とさまざまな形がアセチリン瓦斯（ガス）やランプの光の中にごちゃごちゃと、しかし一種の秩序を保って並んでいる風景は、田舎で育って来た私にはまるで夢の世界です。ぼうっとなって歩いているうちに、やがてアセチリン瓦斯の匂いと青い灯が如露（じょろ）の水に濡れた緑をいきいきと甦らしている植木屋の前まで来ると、もうそこからは夜店の外れでしょう、底が抜けたように薄暗く、演歌師の奏でるバイオリンの響きは、夜店の果てまで来たもの哀しさでした。　（同前）

それまでの、色とりどりの光と形の多様性の世界を、作者は虫売の虫の声とバイオリンの哀音で締めくくる。すなわち、ここには、文字化こそされていないが、「キリギリース・チョン」「リーン、リーン」「ガチャ・ガチャ」「チンチロリン」などの虫の声々が満ちており、木製の弦楽器の、ギーコギーコの音が響いている。そしてここが、光の世界の涯、それから先は真っ暗闇の世界なのである。

しかも作者はこのいかにも濃密な描写を、以下のように、さらにもう一度繰り返すことによって、その印象をいやが上にも強めるのだ。映画で言えばフィルムの逆回しである。桂春団治は、弟子たちに「モダンに話しいや」と言ったそうだが、この文章のイメージも、いかにもモダンである。先にも名の出た、大阪出身の画家、鍋井克之の「道頓堀」や「法善寺界隈」のような絵よりも、さらにさらに仔細に、濃密に、子供の驚異の目で見た光景がここに繰り広げられている。

しかし、私がもう一度引きかえして見たいといいだす前に、浜子はふたたび明るい方へ戻って行き、植木屋、風鈴、花緒、らんちゅう、暦、扇子、奥州斎川孫太郎虫、海豚の提灯、花火、びいどろのおはじき……良い母親だと思った。おまけに浜子は私がせがまなくても、あれも買え、これもほしいのンか、ああ、そっちゃのンもええなア、おっさん、これも包んだげてんかと、まるで自分から眼の色を変えて、片ッ端から新次の分と二つずつ買うてくれ、私はうろうろしてしまった。余りのうれしさに、小便が出そうになって来たので、虫売の屋台の前では、股をすり合わせて帰りが急がれたが、浜子は虫籠を物色してなかなか動かないのです。

（同前）

私が読んだ版の、「海豚の提灯」はひょっとして、「河豚の提灯」の誤記ではないかと思われるが、「奥州斎川孫太郎虫」は、ヘビトンボという、カゲロウを大きくしたような脈翅目（みゃくしもく）の昆虫の幼虫を串に刺して焼いたもので、これも子供の癇の虫の薬にしたのである。

というわけで、織田作之助の小説の時代背景には、そこにもここにも、というぐらいに虫の要素があると、筆者は言いたいのである。

河内の溜池

この「アド・バルーン」という小説は、主人公のハア、ハア息を切らせるような独白で始まる。なにしろ、彼は、後にも先にも六十三銭しか持っていなくて、電車に乗ることもできないから、東京にいる女に逢うのに、大阪から東海道線の線路沿いに歩いて行こうというのである。実際にモデルがあったのか、それとも作者のいい加減な思いつきなのか。主人公十吉の父親が落語家、という設定どおり、この小説を読んでいると、大阪落語の誰それ、たとえば松鶴の口跡などをふと想い出させるような気がする時がある。十吉の話しぶりに、それこそ「ほんまかいな」、と突っ込みを入れたくなる。

よくはおぼえていないが、最初に里子に遣られた先は、南河内の狭山（さやま）、何でも周囲一里もあるという大きな池の傍の百姓だったそうです。里子を預かるくらい故、もとより水呑みの、牛一頭持てぬ細細した納屋暮しで、主人が畑へ出掛けた留守中、お内儀さんが紙風船など貼りながら、私ともう一人やはり同じ年に生れた自分の子に乳をやっていたのだが、私が行ってから一年もたたぬ内に日露戦争がはじまって主人が出征し、畑へはお内儀さんが出た。しかしいくら剛気なお内儀さんでも両手に乳飲子をかかえた畑仕事はさすがに手に余ったのでしょう。ある冬の朝、下肥（しもご）えを汲みに大阪へ出たついでに、高津の私の生家へ立ち寄って言うのには、四つになる長女に守をさせられぬこともないが、近所には池もありますそして、折角寄ったのだから汲ませていただきますと言って、汲み取った下肥えの代りに私を置いて行ったそうです。（同前）

というような調子で、七つの年までざっと数えて六度か七度、あずけられた里をまるで付箋つきの葉書みたいに転々と移って来たというのである。

このあたり、少し説明がいるかもしれない。人間は物を食えば排泄する。汚い話だが仕方がない、汲取り便所にそれが溜まると、農家の人が来て汲んで持っていってくれるのである。そしてそれが畑の肥料になる。栄養のある物を食べている家からは、いい肥料が取れ、そうでないうちの便所からは薄い、効き目のない下肥しか取れない。いずれにせよ下肥は大切にされ、それを汲んでもらった家のほうが、ではなくて、汲ませてもらった農家のほうが、大根でも葱でも、その時々で穫れた野菜などをお礼に置いて行く習慣であった。

ここでは、あろうことか、汲取りのお礼に、あずかっていた子供を置いて行く、というところで笑いを取る仕組みで、さすがは落語家の子供、となる次第。

大阪の和泉、河内地方の平野部には、弘法大師とか行基菩薩が造らせたとかいう、古い、古い伝説のある、周囲一里近い大きなものを始め、大小無数の溜池が古くからあり、灌漑設備が整っていた。そうやって日照りにそなえるぐらいであるから、年中日当りはよく、そのうえ、もともと地味（ちみ）が豊かなのであろう、米、麦、茄子、胡瓜、玉葱、木綿など、産物は豊富である。個々の農家は貧しくとも、全体として見れば豊かな農業地帯であった。農家の柱は太く、立派な瓦屋敷である。

十吉を返しに来たお内儀さんが。「四つになる長女に守をさせられぬこともないが、近所には池もあります」というのは、うっかり目を離している隙に子供がこういう池に落ちて死ぬことが多かったからであろう。

田舎には公園とか緑地とかいうような洒落た物はないけれど、こういう溜池が子供の遊び場になっていた。かく言う筆者も毎日のように、池の土手に遊びに行ったものである。池には魚が飼われており、魚の養殖業者は、子供が竹の釣り竿でクチボソを釣るくらいなら、まだ見逃してやれるけれど、中学生くらいになると、大きな鯉でも鮒でも本当に釣り上げてしまうから、放ってはおけない。こっそり隠れて釣っている所を見回りに来た親父に見つかると、竿をへし折られ、池に叩き込まれるのだ、というような恐ろしい噂が子供たちの間に伝わっていた。それでも釣りたい。

「溶接屋の鉄ちゃんは、こんな大っきな、盥一杯になる鯉を釣ったんや」と、近所の子が言うので筆者も見に行った。鯉は井戸水を満たした狭い盥の中で、ゆっくり口を開いたり閉じたりしていた。

ここでは鯉の他に鮒の養殖が行なわれ、後者には「河内鮒」という名前が特別に付けられていた。そう言えば、道頓堀の腐臭漂う真っ黒な水に浮かぶ牡蛎船でも「ふなさ」と言って、鮒の刺身を出した。酢味噌だか辛子味噌だかで食うと旨かったが、淡水魚であるからもちろん、寄生虫はいたであろう。

一日に一度、オート三輪で運んで来た残飯を池にぶちまけると、魚が群がってばくっ、ばくっと食うのであった。そんな残飯は近くの紡績工場の食堂などから出た物であったろう。旨い旨いと言って通人が喜ぶ鮒の元は残飯なのであった。もっとも、その近所の養豚場でも飼料は残飯が主ではなかったか。

池には、様々な蜻蛉の仲間が棲んでいて、その中で一番立派なのは、黄と黒のオニヤンマに似た大きな蜻蛉、オオヤマトンボであった。それが碧緑（エメラルド・グリーン）の眼を光らせて池の周囲を飛行する。子供の網では岸辺からそこまで届かず、どうしても捕ることができないのであった。そして水田には必ず、青や緑に輝くようなギンヤンマがいた。

夕方になると、ちょっとした広場にそのギンヤンマが集まって飛びながら蚊や羽虫を捕食する。子供たちは首が痛くなるほど上を向いて、それを捕るのに夢中になるのであった。

都市部の芸人にしても、元を正せば、農家の出も多いし、芸人として売れず、いよいよ食い詰めた時には、また元の百姓に戻れば、大根を齧（かじ）ってでも生きて行けるという構造になっていた。百姓がどうしても嫌なら、博打打ちとかヤクザとかの仲間に入れてもらう、という手もないではなかった。下肥が野菜の栄養になり、人の血肉となるように、人の流れも循環していたのである。

織田作之助に「木の都」（一九四四年）という作品がある。この冒頭などは同じ大阪の作家、宇野浩二の「木のない都」（『大阪』一九三六年）から来ているというが、木の話は、冒頭、ほんの少しでおしまいである。

実際のところは、残念ながら、東京、京都などと較べれば、大阪には木が乏しいと言うしかあるまい。

東京には、昔からの大名屋敷があり、明治神宮のような人工の森が造られている。そして京都は神社仏閣だらけであるし、周囲は山に囲まれている。大阪には民家しかないわけであるから、あるのはせいぜい光庭（ひかりにわ）。大きな木を植える余地などないのである。それに風の強い、関東や東北のような防風林は必要ないし、薪炭林となると丹波や和歌山に頼ればそれで用が足りる、ということになる。

田んぼでも畑でも、さっき言ったように、土地が肥えているものだから、畑の畔に木を植えるなんてもったいない。その分だけ日陰になるし、根を張ると耕作の邪魔になる。溜池の土手にさえも大きくなる樹種は植えてなくて、小鳥が種を運んで来たのか、自然に生えたグミやイバラしかなかった。

都市部は全くのところ、近郊農業地帯に支えられているのであって、その住人には自然音痴というか、いわゆる自然感覚に関しては頓珍漢な人も多かった。

現代の作家では、開高健もこのあたりで育った人で、自伝的作品『耳の物語』などには幼時の「ぽかん釣り」の想い出などを書き、アマゾンでの大物釣りや、アウトドア生活のことをいろいろに書いているが、時によると自然音痴を露呈したようなところもあり、時々妙な発言もあった。

高津の仕出屋の息子でありながら、その家業を嫌って手伝わなかったという織田作之助も体質的には開高と同じ、あまり虫などには関心のない都会人であったろうと想像される。もし彼が虫や小動物が好きなタイプであったなら、必ずや、魚をさばき、家業を少しは覚えたはずである。

そもそも少年には生まれつき三つのタイプがある。一は、生まれつき生き物が好きなタイプ、二は、機械が好きなタイプ、三は、物なぞは眼中になく、思想をもてあそぶタイプである。そして文学者に多いのは第三のタイプだ、というのが筆者の持論である。開高さんは、魚釣りの腕を自慢するようなことを書いているけれど、魚釣り、で開高さんより上手い人はいくらでもいるのであって、開高健の偉大さはそんなところに求むべきではないのだ。

いずれにせよ、大阪都市部の人間は、この郊外の農業地帯にいつでも逃げ込むことができるのであった。

蛍の光

幼少年時代の織田作之助は、これまで縷々（るる）述べてきたように、自分が灯を慕う蛾のような精神状態になっている。もちろん、特に虫好き、あるいは昆虫マニアというような人ではないのだが、彼が好む虫としては蛍があると思う。小説の題名として「蛍」（一九四四年）と付けられた作品があり、その中に結婚式の大事な席で、登勢という名の花嫁が「あ、蛍が」と言って虫に手を伸ばす場面があることはよく知られているであろう。

（……）……そんな空気をひとごとのように眺めていると、ふとあえかな蛍火が部屋をよぎった。祝言の煌々（こうこう）たる灯りに恥じらう如くその青い火はすぐ消えてしまったが、登勢は気づいて、あ、蛍がと白い手を伸ばした。

（「蛍」『織田作之助選集』第一巻、中央公論社）

今なら特にどうということもないだろうが、昔は、ひたすらうつむいて緊張していなければならない花嫁の、この無邪気な自然体は、問題行動だったらしい。仲人が取り繕う。

花嫁にあるまじい振舞いだったが、仲人はさすがに苦労人で、宇治の蛍までが伏見の酒にあくがれて三十石で上って来よった。船も三十石なら酒も三十石、さア今夜はうんと……、飲まぬ先からの酔うた声で巧く捌いてしまった。（……）

（同前）

蛍はまた別の所にも登場する。

それは、織田作之助晩年の——といっても、「アド・バルーン」を発表したころ、そして死の一年前、三十二歳の時に書いた「大阪の憂鬱」である。

戦争が終わって平和が戻った。昭和六年の満州事変以来、日本は戦争のしどうし、そして最後はあれだけの空襲、飢え、窮迫である。

平和になって、何もかも一種の野放し状態の世の中になった。そして浅ましいくらい人心が変わった。みんなが一斉に、生きることに夢中の、一種の餓鬼の本性を露呈し始めたのである。物資も再び出回るようになった。どこから持って来たのか、軍関係の人間の「隠匿物資」か、米軍関係者からの横流しか。これほどに、と思う程の物資が闇市場には湧いて出る。ここには、戦前あった物がもはや何でもある、と思わされるのである。では、作者個人にない物は何か、それは希望である。

「こいつ、死ぬつもりだな——彼の行く手には、死の壁以外に何も無い」と、その死の一箇月前に会ったばかりの太宰治が書いているように、あるのは結核の影ばかり。それはレントゲンに映る死の影である。顔にも言動にも死相が表れていたであろう。

しかし、滋養のある物を食べ、ひたすら安静に寝て療養に励む、というような、チマチマと命の積み立て貯金をするような事はいまさらしたくない。躯はいつもだるく、気力が湧かなくて、イヤな咳が出る、血を吐く。もうこの躯は持たんな、と思わざるを得ない。だから、タバコを吸い、ヒロポンを打って徹夜で原稿を書く、というような生活が止められない。

では、何を書くのか。日本人全部を引きずり込んだ戦争が終わったばかり。戦争は、作家に取って、いわば材料の宝庫である。水を得た魚のように、いそいそと、あるいは義務感を持って戦争を描いている作家がいる。しかし、オダサクは、戦争のために引き起こされた一連の不条理も、悪も、死も、何一つ描こうとはしないのだ。

では、彼は何が書きたかったのか、敗戦によってにわかに書きやすくなった、西洋かぶれの、偽物臭い、インテリの観念的生活ではなく、それなりに、ひたむきに生きていた、「夫婦善哉」の、柳吉や蝶子、「わが町」（一九四二年）の〝ベンゲットの他あやん〟や、金の亡者のような「俗臭」（一九三九年）の主人公等の生活、つまり、昔の大阪の、本音まるだしの市井の庶民の生活とその人達の住む町である。

それを描くのにオダサクは、自身そう書いているように、まさに阪田三吉式の生き方をするのである。それこそ、定石を無視した、ほとんど絶望的な奇手「９四歩突き」そのまま、親身に彼を想うものなら「そんな無茶なことしなはんな！」と横から手を抑えたくなるような生き方である。

三高の同窓生、青山光二作成の年譜を読んでいると、その最後の一、二年は、まさに競馬のゴールインそのままである。ただし、レースが終ってみると、馬も、騎手も死んでいた。

この男に、石に齧り付いてでも生きよう、というような夢は微塵もない。単なる絶望、というのでもない。ただ、定石を後生大事に守る、凡庸で安全な、けちくさいことだけはしたくない、という意地っ張りの人生観だけがある。

「……それにしても、昔の大阪の街が懐かしい」

その闇市を暗い気持ちでさまよっている時、彼は滅びかけた大阪の懐かしい人々を象徴するような蛍のかそけき光を見る。二匹で五円也。その光がオダサクの心を照らすのである。

> たとえば、この間、大阪も到頭こんな姿になり果てたのかと、いやらしい想いをしながら、夜の闇市場で道に迷っている時、ふと片隅の暗がりで、蛍を売っているのを見た。二匹で五円、闇市場では靴みがきに次ぐけちくさい商内だが、しかし、暗がりの中であえかに瞬いている青い光の暈のまわりに、夜のしずけさがしのび寄っているのを見た途端、私はそこだけが闇市場の中の喧騒からぽつりと離れて、そこだけが薄汚い、ややこしい闇市場の中で、唯一の美しさ——まるで忘れられたような美しさだと思い、ありし日の大阪の夏の夜の盛り場の片隅や、夜店のはずれを想い出して、古女房に再会した——というより、死んだ女房の夢を見た時のような、なつかしい感傷があった。
>
> （「大阪の憂鬱」『織田作之助選集』第五巻、中央公論社）

織田は、籠の中に閉じ込められている、豆粒のような青白い光の明滅を見て、幼、少年時代の夜店を想い出し、限りない懐かしさを覚えるのである。「死んだ女房の夢を見た」はまさに実感であろう。

そう言えば「アド・バルーン」にも、こうしたかそけき青白い火に対する主人公の郷愁のような気持ちが記されていた。彼は大阪の町の食い物屋をいろいろと挙げた後、最後に、こう、述懐する。

(……)が、こんな食気よりも私をひきつけたものはやはり夜店の灯です。あのアセチリン瓦斯の匂いと青い灯。プロマイド屋の飾窓(かざりまど)に反射する六十燭光の眩い灯。易者の屋台の上にちょぼんと置かれている提灯の灯。それから橋のたもとの暗がりに出ている蛍売りの蛍火の瞬き……。私の夢はいつもそうした灯の周りに暈となってぐるぐると廻るのです。私は一と六の日ごとに平野町に夜店が出る灯ともし頃になると、そわそわとして、そして店を抜け出すのでした。それから、あの新世界の通天閣の灯。ライオンハミガキの広告灯が赤になり青になり黄に変って点滅するあの南の夜空は、私の胸を悩ましく揺ぶり、(……)

(前掲「アド・バルーン」)

敗戦の結果、先にも述べたとおり、戦争のテーマは書きやすくなった。三高の同窓で言えば、『真空地帯』（一九五二年）を書いた野間宏のように、誰も彼も反省を込めて、（すぐ忘れるくせに）新しい正義と悔恨を書く。しかし織田は、まるで、金輪際、戦争のことなんか描くものか、と意地を張ってでもいるように、この流行りのテーマを拒絶するのである。

するとその織田にジャーナリズムから来る注文は「大阪随筆」ばかり。「大阪の作家」というレッテルを貼られたのである。

とは言え、親戚の誰彼をモデルにした小説は書き尽くした気がする。しかも差し障りがあって発表できないものもある。

しかし、それでいいのである。昔の夜店の賑わい、そしてこの青白い蛍の灯の、心細さを掻き立てるような情景を描いただけでも、織田作之助という作家の使命は十分に果たされたと言うべきであろう。

蜘蛛と人生──広津和郎──

蜘蛛の詩

茨城県生まれの明治の詩人、横瀬夜雨（一八七八─一九三四）の詩集『雪あかり』（一九三四年）の中にこういう作がある。

蜘のいのちの
　はかなさ
さても生きつつ
飛んで来てかかつた
べつ甲蜂を捕らへよと
糸は繰る繰る蜂と共に
はたと音して落ちにけり

（「べつ甲蜂」より、『雪あかり』書物展望社）

いかにも儚い、諦めに満ちたような詩である。「糸は繰る繰る蜂と共に　はたと音して落ちにけり」という言葉の調子には、昔々の『梁塵秘抄』か何かのような、しかしそれより鄙びた、物悲しい歌の調子が感じられる。何より「クル クル ハタ」という音が耳に残る。

この中で「べっ甲蜂」と書かれているのは、狩り蜂の仲間である。狩り蜂とは、他の虫を捕まえ、運動神経の中枢を毒針で刺して動けなくさせてから、巣の中に貯蔵する習性を持つ蜂の仲間である。

獲物の虫は、動けないだけでまだ生きているわけであるから、死んだ動物の肉とは違って腐る心配はない。呼吸もするし、砂糖水のようなものを与えればちゃんと飲む。蜂はその、動けない獲物に卵を産みつける。

やがて蜂の卵から幼虫が孵り、獲物の虫の体、つまり生きた新鮮な肉を、命に別状のない部分から順に食べて行く。そしてついには、獲物がほとんどカラッポになるぎりぎりまで相手を生かしたまま食いつくすのである。

こうした狩り蜂の手法を詳細に観察し、考察を加えたのが、フランスの博物学者、ジャン＝

＊広津和郎（一八九一―一九六八）――評論家、小説家。評論家として活動後、『神経病時代』を著し作家としても注目される。松川事件の裁判批判をした『松川裁判』など。

アンリ・ファーブルである。今、「狩り蜂とは、他の虫を捕まえ、運動神経の中枢を毒針で刺して動けなくさせてから、巣の中に貯蔵する云々」と書いたけれど、ただの虫けらに、よもやそのような知恵があろうとは、それまで誰も思いつかないことであったのだ。ファーブルは、虫のその行動を、人間や他の高等動物の持つような、いわゆる知恵ではなく、「本能」の命ずるところ、と考えた。そして「本能の驚くべき賢さと、驚くべき愚かさ」を解明したのである。

狩り蜂にはたくさんの種類があり、それぞれ専門の獲物がある。たとえば、ジガバチは蛾の幼虫のイモムシとか、ツチバチはコガネムシの幼虫とか、アナバチは、キリギリス、ツユムシの類いとか。

そして夜雨の詩の「べつ甲蜂」は、なんと、他の虫の恐れる蜘蛛を逆に獲物にするのである。だから、この詩の蜘蛛は「飛んで来てかかった」のではない。自分から、巣にいる蜘蛛に襲いかかったのであって、蜘蛛としては「べつ甲蜂を捕らへ」るどころの話ではないのである。

ベッコウバチは、オニグモやコガネグモのような大型の蜘蛛を襲う。蜘蛛はベッコウバチの恐ろしさを知っていて、巣を捨ててすーっと地上に降り、大慌てで逃げようとする。逃がすものかと蜂は追いすがり、ただの一撃で蜘蛛を動けなくさせてしまう。腹側の一点に運動神経が集中していて、そこを蜂は刺すのである。あの恐ろしげな蜘蛛をベッコウバチはこうして獲物にする。

ファーブルは『昆虫記』の中で、この狩り蜂についての研究を報告している。そして、「一番最初に蜘蛛を獲物にする事を思いついたベッコウバチの先祖は、どんな風にして成功したのか？」と彼は当時の進化論者に問うのである。

――蜂は、蜘蛛の体の神経の中枢を偶然刺した。すると相手はたちまち、運動神経を麻痺させられて動けなくなったというのか？　では、卵から孵った蜂の幼虫は、いったいどうやって、今のような安全な獲物の食べ方を身につけたのか？　蜂の幼虫が、蜘蛛の心臓部をうっかりひと噛みすれば、蜘蛛は死んで腐り始めるではないか。どれも偶然の連続だというのか？　少しでも失敗すれば、蜂の一族は滅びてしまうではないか。そんな事はとても信じられない、とファーブルは言って、「たまたま成功した蜂が子孫を残し、生き残る……」と説明している、当時流行のダーウィニズムを否定する。そのために、彼は進化論を信じない田舎の教師として馬鹿にされることになる。

蜘蛛は何故嫌われるか

人は、蜘蛛を見るとまず嫌悪感を抱くようである。嫌悪感を抱いて、逃げる、というのならまだ罪がないけれど、わざわざ踏み潰そうとする人が多い。人間というものは意地っ張りな、あるいは自己主張の強い動物で、自分に理解できないものがあると崇め奉るか、否定するかしようとする。

蜘蛛に近い蠍などは、ギリシャの学者ルクレチウスが、「怖れが神を造った」と言う通り、その猛毒への怖れの故に神に祭り上げられ、星座にまでその名がつけられた。

蜘蛛には脚が八本もある。脚の数が多いものは気持ちが悪い、というのが一般的な感想である。もっとも、エビなどは脚が何本あろうと、手づかみで美味しく食べてしまう人がそういうことを言ったりする。

蜘蛛には眼が八個もある。これがまた理解できない。理解できないものは退治しよう、というのが人間の考えることである。では、眼が八個もある宇宙人が逆の立場で人間を退治してやろうとこの地球に襲来した時には、相手の感じ方を理解し、納得して、それこそ従容として、死につくのであろうか。

蜘蛛はしばしば美しい色をしている。それがまたいけない。毒々しいという表現があるように、その華やかな彩りが、毒に結びつけられるのである。

フランス十九世紀の歴史家ミシュレは「虫に対するわれわれの嫌悪感の強さは、われわれの無知の程度に比例する」と言っている。

虫に対する現代日本人の無知と嫌悪感は深まるばかりである。製造工場などで言えば、製品に少しの汚れも歪みも許さぬ、微視的なうるささは、日本人の長所であり、また欠点である。

隅々まで明るく清潔なマンションで育ち、暮らす人が増えるにつれて、そういう傾向のマイナス面が強まって来た。家の中に虫が入ってくると大騒ぎをして、殺虫剤のスプレー缶を空にしてしまう。

菓子に虫でも入っているのが発見されると、工場の製造ラインの製品を全量、回収廃棄するという。海老入り焼きそばにゴキブリの欠片が交じっているぐらいなんだ、とブログに書けば〝炎上〟する。同じ甲殻類でも、海老ならよくて、蜘蛛、昆虫はいけないのか、などと言ってはいけない。同じような蛋白質なのだが、そうはいかぬ、と大騒動になる。

しかし、その、毒々しい、嫌悪感を催させるのとぎりぎりのところに、言うに言われぬ魅力がある、という感じ方もある。谷崎潤一郎の『刺青』にある、美少女の太腿に彫られた女郎蜘蛛の入れ墨などはその一例であろう。

とはいえ、虫が嫌いだからと言って非難されるいわれはないし、蜘蛛を好きにならねばならぬ義理もない。しかし、その嫌悪感の大部分が、主に自分の無知に由来するということぐらいは知っておいて欲しいと思うのである。

日本人も虫に無関心になって来た

この夏私は、高知県、四万十川に近い「トンボ王国」を訪れる機会があった。ここを造った杉村光俊さんは日本人のトンボに対する感覚が変わって来た、という。昔は男の子なら大抵トンボ捕りをした経験があった。トンボと言ってもシオカラトンボやアカトンボのことではない。少年の競争相手であり、憧れの存在はギンヤンマであった。土佐の「トンボ王国」にはそのほかにも、世にも美しい眼をしたマルタンヤンマや、巣のまん中に陣取り、獲物を待ち構えている蜘蛛に体当たりをするように襲いかかるネアカヨシヤンマという逞しいヤンマまでがいて、周辺の山や田んぼ、湿地の環境とともに保護されている。

その杉村さんが、日本人のトンボに対する感覚が変わりました、とつくづく言った。トンボを知らない、トンボと遊んだことがない。要するにかつては日本人であることの前提条件のようであった感覚がなくなりつつある。トンボに関する文化が急激に失われつつあるというのだ。それは私も同感である。

それがトンボでなく、蜘蛛となると、もっとひどいことになる。

虫と芸術家

明治、大正、そして昭和の文人は、しきりに虫を題材とした詩歌や随筆を書いている。また画家や工芸家も虫をモチーフにしている。それは身辺に虫がいくらでもいたからであろう。子供の時に虫を相手に遊び、細かく物を見る接写レンズ的な目を養い、自然の中の生き物に対する感覚を身につけていたからである。

しかもそこには、たとえばキリスト教的な世界の解釈というか、偏見がなかった。あるのはやはり仏教的な、あるいはアニミズム風の、ひょっとすると、いずれは自分も虫に生まれ変わるかもしれない、という、かすかな恐れのようなものであった。

お盆の季節に東南アジアのほうからウスバキトンボという、オレンジ色の、飛翔力の特に優れたトンボがやって来る。これは春先にフィリピンなどを出発した者の二代目か三代目が、本州北部にまで到達したのである。昔はこれを御先祖様の霊がお盆に帰って来たと言って、殺生する事を厳に禁じた。だから、ウスバキトンボの古名は精霊蜻蛉（ショウリョウトンボ）という。幼時のこうした教えは、幼い脳裏に染み付くように残るものである。

「朝の蜘蛛は、夜の蜘蛛は……」どっちがどっちだったかややこしいけれど、一方は親に似ていても殺せ、そしてまた一方は敵（かたき）に似ていても殺すな、と言うのである。これもまた恐ろしい、年寄りの教えであった。

西洋で博物学、博物画が盛んになるまで、虫を題材にした、文学、絵画、彫刻はきわめて稀であることとその理由を、私は『虫から始まる文明論』という本に書いた。だから、ここでは繰り返さないが、日本ではそうではなかったのだ。ある日本の小説家の例を挙げよう。

広津和郎著『動物小品集』（一九七八年、初版は『動物小品』一九四七年）という本がある。

題字・装幀・挿絵は杉本健吉の手になる、いかにも好ましいたたずまいの本である。広津和郎は晩年、松川事件の弁護にかかわったことで、マスコミなどではわずかに名を知られていたようであるが、広津柳浪、和郎と、親子二代にわたる小説家であり、柳浪の「今戸心中」なぞは、あの永井荷風がお手本とした名作である。

その『動物小品集』の中に、「蜂と蜘蛛」という一編がある。しみじみと味わい深い、というより今の作家にはもう書けぬ随筆なので、所々引用してみたい。

昭和十九年の夏の夕方であった。風呂を炊くのに必要な薪をこしらえるために、庭の隅に積んである雑木の枝を小さく切り刻んでいると、不意に私の直ぐ眼の前に何か黒いものが落ちて来た。

それは雑草の少し生えた地面の上に落ちると、むくむくと動いて二つに割れた。その割れた一つは非常に勢いがよく、割れた拍子に一、二寸離れたもう一つの片割れの上にすぐ飛びかかって行った。

私はそれが鼈甲（べっこう）蜂と蜘蛛とである事を直ぐ認めた。一寸五分位の細長く痩せた鼈甲蜂は精悍な敏活な動作で、肥った大きな黒い蜘蛛の上に乗りかかっていたが、蜘蛛は八本の脚を縮めてその間に自分の大きなからだを挟み込んだようなまん丸い格好になって、意気地なく横っ倒しに倒れている。鼈甲蜂は再び蜘蛛から離れ、翅を小刻みに顫わしながら地面の上をツイツイと歩きまわり、そして又蜘蛛に近づき、それを咥えて後ざまに引きずり始めた。蜘蛛は何の抵抗もなく蜂に引きずられて行く。（「蜂と蜘蛛」『動物小品集』築地書館）

昭和十九年の夏と言えば、戦争末期、米軍の空襲は激しく、蜘蛛どころではない毎日だったはずだが、文学者の中には、世間の人と別の物を見ている人間がいるのである。

さて、その蜘蛛は、著者にとって馴染みの蜘蛛であった。毎日書斎の窓から網を張る、そのいとなみを見ていたのだ。

そうして毎日、著者は、その蜘蛛の生活を眺め、網にかかったカナブンや「青筋蝶」を蜘蛛が食うところを見ていた。だから、薪割りをしている眼前に落ちて来たベッコウバチと蜘蛛を見て、はっとした。蜘蛛の巣を見上げると、いつも巣の真ん中に頑張っている主がいない。

（……）あの蜘蛛が今とうとうこの鼈甲蜂にやられたのだ。——私はそう思うと異常な興味を起こされた。（同前）

そう前置きをして、広津は、東京、牛込矢来町に住んでいた少年時代に庭で見た、蜘蛛を引きずって行くベッコウバチの記憶、大人になってからファーブルの『昆虫記』を読んで知ったことについて、生き生きと記している。それにしても、広津による「翅を小刻みに顫わしながら地面の上をツイツイと歩きまわり……」というベッコウバチの動きの描写などは実に達者なものである。

矢来町と言えば新潮社のあるあたりで、にぎやかな神楽坂にも近い街中だが、かつては個人の庭があり、虫も多い御屋敷町であったらしい。

『昆虫記』第一巻が、アナーキスト大杉栄によって翻訳されたのは、大正十一年のことである。その大杉が関東大震災のどさくさの中で殺された後、仲間たちによって第二巻以下の翻訳が続けられ、昭和五年頃には叢文閣版、アルス版、岩波文庫版と、三種類の『昆虫記』の訳が日本で刊行されていた。もっとも、岩波文庫版は、まだ数巻が出たばかりだった。

日本の詩人、作家で『昆虫記』を読んだ形跡のある人は数多い。科学者の場合も同じであって、ノーベル化学賞を受けた福井謙一先生などは、岩波文庫の『昆虫記』に線を引いて愛読し、仕事がなかなか上手くいかぬ時はファーブルのモットーであるラテン語の句をつぶやいておられたと奥様からの手紙にあった。それは「さあ、気を取りなおして働こう（ラボレームス！）」というものである。

昆虫採集と学問

つい最近まで、昆虫採集は科学への第一歩として奨励され、生徒は夏休みの宿題として学校に標本を提出したものである。ところがいわゆる高度経済成長の自然破壊が進むとともに、昆虫採集のほうが自然破壊と見なされるようになり、虫に触ってはいけません、観察しましょう、などと偽善的な事が言われるようになった。日本中で採集禁止の場所が設定され、今もその場所は増え続けているが、「観察しましょう」などと言われても、子供は十分もすれば飽きて興味を失ってしまう。

虫は、特に大型の蜻蛉など、網で採るには技術と力と知識とそれにカンがいる。それを採集し、標本にし、名前を調べ、それがいる環境について知る事はすでに博物学的研究である。ゲームなどにはない深いものがある。

近年、日本人の生活はずいぶんと奇麗に、清潔になった。日本中どんな田舎に行っても、建物が小奇麗なプレハブ造りになり、特にトイレは温水洗浄便座方式とかで、昔のように、ははかりで不快な思いをすることがなくなったようである。

都会のマンションなどでは特に、清潔な明るい生活を送ることができるようになった。

家の中の扉や窓の密閉度がよくて、外から虫が入って来にくくなったのである。第一、虫そのものが少ない。昔の家は隙間だらけで、夜、灯りを点けておくと外からいくらでも蛾や甲虫の類いが部屋の中に入って来た。

高浜虚子の句に、

金亀虫(こがねむし)擲(なげう)つ闇の深さかな

というのがある。夜中にコガネムシが部屋に入り込み、暗い電灯の周りをうるさくぶんぶん飛び回っている。それを捕まえて、一度締めた雨戸を開け、外の闇の中に投げ捨てた。そしてあらためて闇の深さに思いをいたしたのである。その深い闇は自分の心の中にあるのかもしれぬ。

また江戸中期の俳人、上島鬼貫(うえしまおにつら)に、

行水の捨て所なき虫のこゑ

という句がある。宵に庭で行水を遣ったのはよいけれど、いざ盥の水をバシャーッと捨てようとすると、庭中の叢がコオロギ、キリギリス、邯鄲(カンタン)、鈴虫と虫の声だらけで、水の捨て場所

が見つからぬ、というのである。

これをからかって、「鬼貫は夜中盥を持ち歩き」という川柳がある。いずれにせよ、家の周りも家の中も虫だらけで、それが普通であったのだ。小茂田青樹（おもだせいじゅ）の「虫魚画巻」中の「灯による虫」の光景が、どこの家にもあったのである。

虫の数は目に見えて減った。それでもテレビのコマーシャルなどを見ていると、殺虫、消毒、除菌の薬の広告が多く、掃除機などはハウスダスト除去の性能をうたっている。つまり、布団や、絨毯に付く微小な、顕微鏡でないと見えないほど小さなダニの死骸さえ吸い取るというのである。

もっと専門化して、「蜘蛛の巣除去」のスプレーのようなもののコマーシャルをテレビで見た時には「ここまで来たか」と商魂の逞しさに感心した。

そんなふうに三千世界の虫を殺し、顕微鏡的な除菌、殺虫を実行するために、日本中で、膨大な量の農薬、殺菌剤が使われている。それは、人間には全く無害の、虫にだけ効く薬だと言うけれど、虫の食い痕ひとつない野菜を作っている畑での、薬品の撒き方を見ると、こんな農産物を食べて大丈夫か、とやはり心配になる。作っている農家の人たちは自家用には別の畑を当てているというではないか。

キアゲハの幼虫はニンジンの葉を食うのだが、その幼虫を飼育するためには、特別に自分でニンジンを栽培しなければならない。うっかり餌を切らして、スーパーまで行って葉の付いているニンジンを買って来てやったりすると、あっという間に幼虫は全滅する。

モンシロチョウの幼虫はキャベツを食う。これもスーパーのキャベツでは育てられない。お米も、カメムシの吸い痕のない真っ白なものを作るために強力な薬が使われているという。アカトンボがいなくなったのはそのせいだという説もある。「夕焼、小焼の、あかとんぼ」という歌は残っていても、アカトンボの大群はもう見られなくなったし、その情緒はもう残っていない。

大人になってからでは遅すぎることがいろいろある。

音感の場合が一番はっきりするし、したがって分かりやすいから例に挙げる。西洋音楽でも邦楽でも、子供の時にいいものを聴いていないと、音感は育ち難い。貧富の問題などが関わってくることがあるから言いにくいけれど、味覚も同じ。さらに美術品でも同様である。家に屏風や襖絵やいろいろな道具類があって日夜それを観て育ったのと、プラスティック製品しか使ったことがないのとでは、見えるものが違う。

時々、われわれは他人の気持ちが分からない、いわゆる空気の読めない人に出会って辟易するけれど、そういう人は時をおいて会ってもやはり変わらないものである。相変わらず空気が読めなくて、他人が唖然とするようなことを平気で言ったりする。他人に対した時の、社会的生物としての感覚が欠如していて、関心があるのは自分のことばかり。放っておけばいつまでも自慢話を続けていたり、人を傷つけるようなことを言って何とも思わなかったりする。

人に対する感覚と同じく、自然に対する感覚も、実は幼時に身につけなければならないものなのである。それを持たない人は自然に対して、いわば音痴のまま、大人になってしまう。感受性の回路がもう閉じてしまっているのだ。どんなに微妙な音色も、美しい形も、人のほうに基本的な感受性が欠けていれば、ほとんど無意味なものとなる。

だから、私達のNPO日本アンリ・ファーブル会では、子供たちを相手に採集会や標本製作教室を開くのだが、小学校の高学年ともなると、塾が忙しくて、とてもそんなものに参加してはいられないようである。そんなに受験勉強をして、大学生の基礎学力と教養のこの貧弱さはどう説明すればいいのか不思議である。

三十歳になって初めて日本のカブトムシを見たアメリカ人が、ゴキブリと区別できなかった、という例を私は知っている。いや区別はついていて、「角が無いだけゴキブリのほうがまし。いずれにせよbugだ」と言うのであった。

たとえば柴田是真(ぜしん)の工芸品を見ても、速水御舟や小茂田青樹の絵を見ても、自分自身に自然体験が無いために、まず最初の表層解釈というか、作者と共通の感動を持つことができない。

「確かに細かくよく造ってある。その技術には驚嘆するが、でも、なぜ、こんなものを造るのか、描くのか、そのエネルギーはどこから来るのか、不思議だ」ということになる。庭の茂みに巣を張っている蜘蛛を見た時の、身震いするような幼時の感動がなければそういうことになる。

山野に遊んでも、何の植物が生えていたのか、どんな鳥、どんな虫がいたのか、どんな匂いがしていたのか、全く気がつかずに帰ってくる人がいる。自然の気配というものを全く感じない人には、人工芝に、ウッドデッキ、緑に塗りたくったコンクリートのホテルのプールのほうが、虫にさされる心配が無くていいと言う。都会の公園にしても、周辺住民の要望はさまざまであるが、蝉が鳴き、蝶が飛ぶような自然公園を望む声は年々少なくなっているようである。雨蛙の鳴く声、蝉の声がうるさいという苦情さえ、役所に寄せられる。蜘蛛や蚊や蝿は駆除すべし、薬を撒け、それ以前に、公園内の道をカラー舗装してすっきりさせろと言う声もある。そういう声のほうが強くなれば役所は従わざるを得ないし、予算が下りれば公共工事をすることになるわけで、業者もそれを待っている。現に今も私たちのＮＰＯはそういう問題に直面して、なんとか自然を守りたいと、もどかしい思いをしているところである。

蜘蛛の魅力は生きるためのその工夫にあり

一般に草食の虫は、食べ物がいくらでもあるために、ぼんやりしていても生きていかれる。

しかし肉食の虫は、獲物を捕まえるのに必死である。中でも蜘蛛は、糸と、それを材料にした網という道具を使う。

人間の場合で考えてみれば分かる。鳥や魚を素手で捕まえるのは大変なことであるが、そこに網というものの発明があった。さっと掬った時に空気を逃がし、獲物だけを捕らえる。網こそは、槍や弓矢などとともに、人類初期の大発明である。この発明のために人口は大幅に増えたに違いない。

その糸や網を蜘蛛は人間の出現の何億年も前に発明しているのである。蜘蛛の糸疣（いぼ）とそこから作り出す多様な糸、そしてその使い方には感嘆するばかりである。

もう一度広津和郎を引用しよう。「草雲雀（くさひばり）」という文章である。九月が近づくと、自分のように壮年期の真っただ中にいるはずの者の胸にも、ある淡い寂しさがふと浮かんで来たりする、と広津は書く。

> 丁度この時期にこの哀感をいっそう深めるために、いや、自然自身がその哀感を訴える声ででもあるかのように、草雲雀が啼き始める。小泉八雲を読んだ人は知っているであろうが、この異邦の詩人が、日本の小さなこの虫に、いかに心をそそられたかという事は想像するに難くない。——恐らく私達が聞く夏から秋にかけてのたくさんの啼く虫の中で、こ

のくらい淋しい美しさを持ったものは他には比較があるまい。松虫、鈴虫も好いには好いが、草雲雀はそれらとは比較にならないほど孤高の味にあふれている。チチーと小さな銀盤の顫(ふる)えるようなあの哀声。――あれを聞くと、昔の人の言草ではないが己の心の奥深くじっと見つめるような心持ち――反省の秋といった感じが身に沁みる。

私達の少年時代には、こういう虫は私達に取っての毎日の遊び相手だった。都会生れの私でもどこか自然児だった。都会の中に自然が溢れていた。私達は学校から帰って来ると、小さな虫籠に胡瓜の切れ端を入れて、灌木の茂みや叢の中を探しまわり、日暮れまで虫取りに暮らしたものであった。

（「草雲雀」『広津和郎著作集』第三巻、東洋文化協会）

明治二十四年生まれの広津は、昭和の初年に既に、自分の息子や書生が、自然の気配に鈍感になっていることを嘆いている。

そして今はとうとう、ゲームのアイテムをゲットするよりも虫を捕ることのほうが奥が深くて面白いと言っても、もはや何を言っているのか意味が分からないという時代になったわけである。しかし、ゲームのキャラクターのマボロシは標本として研究の対象にはなるまい。マボロシにはＤＮＡも何もないからである。

田端の芥川龍之介

一

いきなり自分の話で気が引けるけれど、私が大学に入学して東京に出てきたのは東京オリンピックの前の年、昭和三十八年のことである。駒込神明町（現在の文京区本駒込）に親戚がいて、そこに初めて行った時の事を今でも想い出す。田端駅で電車を降り、教えられたとおり駅の西側、道順を動坂（どうざか）の方に歩いてくると、両側が煤けたように黒ずんだ高い石垣になっていた。「これが、おじさんの言っていた切通しか……」と立ち止まって見上げたのだが、夕方のことでもあり、ずいぶん寂しいところだなあ、というのが第一印象であった。おまけに酸性の化学薬品のような臭いが、あたりの空気に漂っている。あとで聞けば、田端駅のずっと向こう尾久（おぐ）のほうに、大規模な化学工場がその頃稼働していて、夕方になるとこんな臭いがするのだという

＊芥川龍之介（一八九二―一九二七）――大正期の作家。代表作は『羅生門』『地獄変』『河童』『歯車』など。芥川は大正三年に田端に転居、以後数々の文士が田端に集まった。

ことであった。その工場も今は茨城県の鹿島などのほうに移ったという。

最初に、自分の話、と断ったけれど、この文章は同様に、東京の田端とその周辺のことを知っている人以外には分かりにくいものになるということも断っておかねばならない。

駅からそのまま、どんどん西側に歩いて行って、動坂下の交差点に近づくにつれて、裸電球に照らされた、干物や漬けものを売る店などが増えて少し賑やかになる。これからここで暮らすのかと思うと心細いような気分になったが、それでもこの田端には昔、芥川龍之介が住んでいたということを本で読んで知っていて、なんだかそれだけが頼りのような気がした。芥川は私にとって、小学生の頃からの好きな作家であった。

芥川に「年末の一日」という随筆、あるいは、心境小説とでも言うべきものがある。初出は「新潮」で大正十五年一月とあるから、彼は田端在住の流行作家、と言うより、その短い生涯の最晩年であった。年末になると、新年号の原稿がいくつも重なって忙しい。

明け方まで仕事をしてから眠ったのだが、雑木の生えた、寂しい崖の上を歩いて行くとその下がすぐ沼になっていて、不気味な水鳥が二羽泳いでいる……というような寂しい夢を見て、がたがた言う音に目が覚めると、もう昼である。布団を出ると寒い。便所に行くと小便から白い湯気が上がった、とある。昔の日本家屋であるから、冬の寒い時は外より気温が低いくらい。こんな家の中で、体を温めるものと言えば、炬燵と手あぶりの火鉢しかなかったのである。

起きてみると、書斎と鍵の手になった座敷の硝子戸を磨きながら「お前、もう十二時ですよ」と伯母が言う。がたがた言うのはこの音だったのだ。芥川と三十歳ほど歳が違い、幕末か明治初年生まれのこの伯母にとって、昼まで寝ているというのは、自堕落な、いけないこと、という感覚があるのだろう。それに、人は早起きすると、まだ寝ている家人なり何なりを起こしたくなるものである。しかし、そう言われたって作家は徹夜で原稿を書いていたのである。新年号の仕事中、彼は書斎に床を取らせていたぐらいで、締め切りに間に合わせるのに必死であった。つまり、家にいるとは言え、独房にいるようなもので、寝るか、書くかだけの生活である。一家の生計をささえるものは、養父道章（どうしょう）の恩給もあることはあるけれど、もっぱら彼の筆一本である。

三社の雑誌に原稿を約束している。こういう時、たとえば谷崎なら、家を出て旅館で書く、ぐらいのことはするだろうが、芥川にはそれが出来ない。伯母にも、自慢の甥ではあっても、芥川の〝重要性〟は分かってはいないから、静かに寝かせておいてやればいいものを、そろそろ起きろ、と言わぬばかりに硝子戸をがたがた言わせて平気である。自分はこんなに働いている、と誇示するようなところもある。

そもそもこの伯母は、芥川の母代わりを以て任じていて、水仙の鉢植えを買ってきた新妻に対し、「来そうそう、無駄費いをしては困る」とわざわざ彼に言わせた人である。その前にも、芥川の結婚に反対して断念させている。

睡眠不足で体がだるい。それ以上に、雑誌社に渡さなければならない三編の作品の出来が自分でも不満足で、疲労感がある。仕事はともかくも夜明け前に片づけたのだが、達成感がない。この時、歳は未だ三十四歳だが、芥川は大家である。崇拝者も多いが、それだけ敵も多い。漱石先生に「鼻」を激賞されて、華々しくデビューした頃のような、鮮やかな短編を世間は期待しているであろう。しかし、ああいうものはそうそうは書けない。

朝飯兼昼飯を食って、浮かない気分のまま、書斎の置炬燵で新聞を読む。歳の暮れの新聞にはこれという事件もないと見えて、会社のボーナスや新年用の羽子板の記事がにぎやかに出ているけれど、自分とはあまり関係がないし、彼の心は少しも陽気にならない。

そこに新聞記者が来た。芥川が社員になっている毎日の記者であろうか。この記者は漱石崇拝者で、芥川にかねてから一度、雑司ヶ谷の漱石先生のお墓まで案内してほしいと言っている男である。来訪の用件（多分、新年の新聞に、何か書け、というような依頼であろう）が済んで、「どうです？　暇ならば出ませんか？」と散歩に誘ったのは芥川の方であった。このままじっと内に閉じこもっているのはやりきれない気持である。

相手は、この言葉を待っていたように、「お墓は今日は駄目でしょうか？」と言う、というよりせがむ。それで二人、漱石の墓のある雑司ヶ谷の墓地まで出掛けることになった。その道順は田端の芥川の家を出て、当時は未だ切通しが出来ていないから、高台の通りを歩いて動坂まで出たのであろう。この切通しが出来るのは、昭和八年のことだそうである。

天気は寒いなりに晴れ上っていた。狭苦しい動坂の往来もふだんよりは人あしが多いらしかった。門に立てる松や竹も田端青年団詰め所とか言う板葺きの小屋の側に寄せかけてあった。僕はこう言う町を見た時、幾分か僕の少年時代に抱いた師走の心もちのよみ返るのを感じた。

(「年末の一日」『芥川龍之介全集』第三巻、筑摩書房)

年に一度のこの懐かしい光景を見て、ほんの少し芥川の心が和む。二人は護国寺前行きの市電に乗り、終点で降りて墓地に着き、漱石の墓を探す。ところがなんと、自分でも思いがけないことに、それが容易に見つからないのだ。あれ、と思った。こんなはずはない。芥川は焦ったが、いくら探しても本当に見つからないのである。

「聞いて見る人もなし、……困りましたね。」

僕はこう言うK君の言葉にハッキリ冷笑に近いものを感じた。

(同前)

考えて見ればこのごろは、年末の締め切りが忙しくて、しかも作品を書くたびに深い徒労感のようなものがあって気力が湧かず、十二月九日の漱石先生の命日にもお参りに来ていない。芥川は漱石先生に対して申し訳ないような気持ちを抱かざるを得なかったであろう。

漱石に対する芥川の気持ちは昔から複雑である。同じ東京育ちの人間として、生まれ育った年代は二十年ほどずれるけれど、互いに相手の気持ちは分かりすぎるほど分かる。漱石門下と言っても、田舎から出てきて、アクセントの違う言葉を話す、どこかたくましくて、先生に甘えたり、ずけずけものを言ったり、そうかと思うと金まで借りたりするような連中とは違うのである。

その点では、芥川はむしろ観潮楼に出入りしたほうがよかったのかもしれない。それに、先生には引き立てていただいたという恩義を感じる一方、負い目も感じる。大学でももちろん弟子筋であって、自分もいろいろな新しい本を広く読んでいるつもりだが、漢学、英文学の学力でも何でも先生には敵わないという気がする。いや、それより何より、あの猛烈な自負心は、とても自分にはないものであると思う。

歴史的に見れば、この時代が日本の知識人の〝学力〟の変わり目で、慶應生まれの漱石の世代は、漢文は小さい時から叩きこまれているし、英語は、外人から直接習って、読み書きが堪能である。晩年の漱石は、午前中小説を書き、午後は漢詩を作ってくつろいでいたようであるが、芥川の世代は、漢詩は読めても、自分で作って楽しむとまではなかなかいかない。手紙を書いてもだんだん筆文字は苦手になる。字は筆で書くのが正式だが、実用となるとペン、という時代になっていくのである。漱石の小説でも、若い主人公が父親から「お前の手紙は字のくずし方が出鱈目だから読めない」と叱られている。草書がちゃんと書けていない、というのである。芥川は、いわば偉い父親を持った息子のやりきれなさのようなものを夏目漱石に感じていたように思われる。

現にこの新聞記者は、漱石の崇拝者である。この男が「先生の短冊を最近やっと手に入れました」などと言うのを聞いていると、芥川としては、「本当なら漱石先生の原稿を取りたいのですが、今そんな人はいませんから、仕方がない、芥川さんの担当をしているわけで」と言われているような気がする。そりゃあ、漱石先生に比べれば僕なんか……と口に出しては言わぬまでも、芥川としては多少むっとする時がある。さっきのあの「ハッキリ冷笑に近いものを感じた」というのは考え過ぎと言ってよかろうが、そうでなくても、九年前に四十九で死んだ漱石のことを思い出すたびに――と言っても、彼が漱石の元に出入りしたのはたかだか一年ばかりのことに過ぎないが――懐かしさと同時に威圧感を感じるのである。

探していた墓は掃除の女に教えられてやっと見つかる。ここでも漱石崇拝者はことさらに丁寧に振る舞う。それがまた精神状態のよくない芥川には当てつけがましく感じられた。

（……）Ｋ君はわざわざ外套を脱ぎ、丁寧にお墓へお時宜をした。しかし僕はどう考えても、今更恬然（てんぜん）とＫ君と一しょにお時宜をする勇気は出悪（でにく）かった。（同前）

墓の様子は何か彼に親しみの持てないものであった。そうして彼は意気消沈、というような気分になる。それにしてもなんで見つからなかったのだろう。あんなによく知っているはずの、しかも大きくてよく目立つ先生の墓が。フロイトの言う「しくじり行為」のような無意識の心理の働き、つまり本当は見つけたくないから見つけられなかったのではないか。そんなことまで考えたかどうかは分からないが、それに近い感じは持ったに違いない。

帰り、富士前の電停で記者と別れてひとり電車を降り、東洋文庫にいる友達を訪ねることにする。それも寂しく、人恋しくてならなかったのであろう。あるいは今の記者とのいきさつ、墓地で迷ったことなどを、誰か古くからの知り合いに話して気晴らしがしたかったのかもしれない。

それから夕暮れ時、動坂に戻り、庚申堂を通って、墓地裏の八幡坂に来ると、箱車（はこぐるま）を引いた男が、梶棒に手を掛けて休んでいるのに出会う。

田端のこのあたりは坂の多い地形である。このまま登って行って駅を越えると、今度は崖になっている。ここに断層があって、大昔には、崖から下は海であった。そしてこちら側は沖積平野の武蔵野台地というわけである。上野から来た汽車はそのまま赤羽あたりまでその崖下を走っている。

その男の箱車には、「東京胞衣（えな）会社」と書かれている。東京胞衣会社とはどういう会社か。胞衣を集めて帰って何かにする会社であろうか。動坂上には明治十二年のコレラ大流行の際に避病院が設けられ、それがそのまま常設の伝染病院となり、総合病院となっていく。すなわち現在の都立駒込病院である。そこに産院があったのか。

ところで、「田端文士村記念館」の永井康友研究員の「芥川道章（どうしょう）と田端との接点に関する一考察～駒込病院との関係を中心に～」（『全国文学館協議会紀要』第六号、平成二十五年三月発行）によれば、芥川の養父道章は、東京府役所の内務部課長であったのが、明治三十一年五月に、五十歳で退職し、そのあと駒込病院の事務長を務めたことが、当時の院長、入沢達吉の回想により知られるという。芥川一家が田端に引っ越して来たのは、大正三年のことなのだが、その十五年ほど前からこの養父は、仕事や菩提寺などのことで田端と縁があったわけである。ついでに言えばこの養父はどうも影が薄い。芥川自身がこの人のことをあまり書いていないからでもあるが、どんな人物であったのか、論じている人が多くないように私は思っていた。しかし研究家によって調べはちゃんと付いていて、嘉永二（一八四九）年生まれの道章は昭和三年、すなわち芥川自殺の翌年まで生きていること、明治三十一年に五十歳で東京府役所を退職した時には七百二十円の年俸を貰っていたことまで分かっている。七百二十円は大したものではないか。それもこれも道章が役所に勤める人間であったから記録が残っているわけであるが、前記永井氏の論文ではまだまだ興味深いことが明らかにされている。芥川家の生計も、龍之介の筆一本ではなく、実はこの養父の駒込病院事務長としての俸給と恩給に頼る時期が続いていたのである。

さて、胞衣まで話を戻せば、鴎外の『渋江抽斎』（一九一六年）に、抽斎の子供が生まれた時、薬にするため、その胞衣を人が貰いに来る話が出ている。話が煩雑になるけれど、その部分を引用しておく。

安政四年には抽斎の七男成善（しげよし）が七月二十六日を以て生れた。（…中略…）成善の生れた時、岡西玄庵が胞衣を乞いに来た。玄庵は父玄亭に似て夙慧（しゅくけい）であったが、嘉永三、四年の頃癲癇を病んで、低能の人と化していた。（…中略…）胞衣を乞うのは、癲癇（てんかん）の薬方（やくほう）として用いんがためであった。

（その五十一『渋江抽斎』岩波文庫）

「低能」という言葉をこういう具合に使うのは知らなかった。この時、抽斎の家にいた老女が一夜を泣き明かしたという。俗説に、胞衣を他人に奪われた子は育たぬと言うからである。こんな風に、胞衣を薬の原料にすることは昔から行なわれていたことなのであろう。今の胎盤エキスなどという化粧品なども同じものか。

それはさておき、「東京胞衣会社」の箱車を見た作家は、この車を後ろから押してやろうと、決心する。


（……）僕は後から声をかけた後、ぐんぐんその車を押してやった。それは多少押してやるのに穢い気もしたのに違いなかった。しかし力を出すだけでも助かる気もしたのに違いなかった。

北風は長い坂の上から時々まっ直に吹き下ろして来た。墓地の樹木もその度にさあっと葉の落ちた梢を鳴らした。僕はこう言う薄暗がりの中に妙な興奮を感じながら、まるで僕自身と闘うように、一心に箱車を押しつづけて行った。（……）

（前掲「年末の一日」）


なぜ「力を出すだけでも助かる気もした」のであろう。力を出すことがどうして、〝僕自身と闘う〟ことになるのか。大正十四年の年末と言えば、芥川にはもう実質一年半しか時間が残されていない。心労と睡眠薬の副作用などによって体はすでに衰弱し切っていた頃である。そうして彼自身、もともと肉体的にはきわめて非力なことを認識している。囚人を監獄に閉じ込めて作業をさせることの無意味さを論じて、「(たとえば)僕が縄をなっても仕方のない話ではないか」と、締めくくり、自分には文章を書くしか能がないことを暗に表明するこの作家が、あえて車を後ろから押すのである。ここで芥川は「トロッコ」の主人公、良平少年になっているようだ。とでも考えるしかあるまい。

「力を出すだけでも助かる気もした」のなら、しばらく仕事を休み、転地療養でもして睡眠薬に頼るのをやめ、早寝早起きをして、スポーツにでも励んでいたら、いや、スポーツはあまり極端としても、絵を描くとか、たとえば近所の陶芸家、板谷波山に指導してもらって、焼き物の土でも捏ねるとかしていたら、救われはしなかったか。

後に、似たような責任感の強い作家が、ボディービルや剣道に励んだけれど、結局はむざむざとタナトスに魅入られることになったのを見ると、芥川の場合もやはり駄目だったのかもしれないという気がする。近所に住んでいて、芥川の特別に親しい友人であった小穴隆一の『二つの絵』によると、この頃の芥川はほとんど自殺マニアのようである。支那でピストルを手に入れて来たとか、スパニッシュ・フライを手に入れたとか書いてある。そのスパニッシュ・フライというのは谷崎潤一郎等も持っていて、当時割合に流行った媚薬であるが、分量を多くすれば媚薬的効力を超えて致死量となる。原料は蝿ではなく、ゲンセイというツチハンミョウの仲間の甲虫である。ゲンセイは体にカンタリジンという物質を含み、これを三匹分も服用すれば死ねるのである。ただし、腎臓がただれて七転八到の末に。この虫はスペイン産のものが主として欧米で珍重されたようである。

二

田端の八幡坂のこのあたりは、私も散歩のつもりでうろうろしたりするけれど、ごく最近、八幡神社が何メートルか後ろに下がり、道路の幅が広げられて、すっかり雰囲気が変わってしまった。暗い細い道ではなく、明るい大通りになったのである。まわりには高級住宅というか、最近のいわゆる豪邸まで建っている。今の田端は、芥川の頃とは全く面目を一新していると言ってよいだろうと思う。このあたりから線路を越えたところは、明治の末年から家が建ち始めて変わってきたのである。それ以前は、春は菜の花と桃が咲き、次いで麦が実る田園地帯であったらしい。

田端の台地は、矢張近郊膨張の結果開かれたものである。十五、六年前はすっかり畑で、麦畑で、林が台地の縁を縫って、細い切通しの路が下のさびしい停車場へと下りて行っていた。それが今では、沢山家が出来て、崖のあたりには、料理店なども二、三軒出来た。瀟洒な二階家なども彼方此方（あちこち）に散在して見えるようになった。ここから飛鳥山の方へ出て行く路にも、畑が邸宅に変わっているところが沢山あるのを見た。

（『東京の近郊』『花袋紀行集　第二輯』博文館）

と、大正五年に出た『東京の近郊』に、田山花袋は書いている。芥川が、というより、養父芥川道章の一家がここに引っ越して来たのは先に記したとおり、大正三年十月末のこと、芥川は東京帝国大学二年在学中である。所番地は、東京府北豊島郡滝野川町字田端四三五番地で、まさにその崖の上の家に引っ越して来た芥川は、雨の日など、坂道に下駄の歯が滑って難渋した、と友人への手紙に書いている。

四十年ほど前、私が横浜国大のまだ若い教師であった頃、定年まぢかの老教授が田端近辺の農家の出身で、その方の小さい頃、つまり昭和の初年頃に、「父親の曳く、野菜を積んだ大八車の後押しをさせられたもんです」と懐かしそうに語るのを聞いたことがある。駅から動坂への大きな切通しが出来たのは、これも先に記したとおり、やっと昭和八年のことであるが、尾久のあたりから来たのだとすると、駅の前を越える坂道を、大根や人参を積んだ重い車を押して行くのは大変だったに違いない。

そもそも本郷のあたりは、有名な「本郷もかねやすまでは江戸のうち」という言葉にあるとおり、都会的な街並みは今の本郷三丁目までで途切れ、それから先は大名の下屋敷と寛永寺などの所有地の畑ないしは薪炭林の広がる、寂しい郊外ということであったらしい。岡本綺堂の『半七捕物帖』などでは、今の向ヶ丘二丁目（本郷追分）近辺は一面の原っぱで、お使いに出た丁稚が何者かに殺されたりしている。もっとも、そういう人家の少ないところでなければ、近所の住民の反対などがあるから、コレラの避病院などは建てられない道理である。

明治になって開発が進むと、第一世代ともいうべき鴎外や漱石が団子坂や千駄木に住み、花袋の言う「近郊膨張の結果」、芥川のような第二世代が動坂の向こうの田端に住むようになったのであろう。東京美術学校の出来たのが明治二十年で、その頃から若い画学生等が住むようになり、明治四十四年には「ポプラ倶楽部」という絵描きの集まりが出来ている。「田端文士村記念館」発行の絵地図などを見れば、狭い範囲に有名、無名取り混ぜて、芸術家、文士がそれこそ犇（ひし）めくようにして暮らしていたのがよく分かる。

では、芥川がこんなに息絶え絶えの大正十五年一月に書いたものには何があるだろう、と年譜を調べてみると、それがずいぶんと豊富なのである。それどころかその翌年、つまり死の年である昭和二年にも彼は、主なものを挙げただけでも「玄鶴山房」「文芸的な、余りに文芸的な」「西方の人」「侏儒の言葉」「或阿呆の一生」など、むしろ精力的、と言っていいほど、多量の作品を残している。

私が子供の頃何度も読んだのは、意外にも、と自分で思うのだが、このあたりの作品であった。出勤前の父が、芥川の全集を私が引っ張り出して読んでいるのを見て、「芥川は暗いぞ」と心配するように言ったことがある。もちろん彼の自殺のことが父の頭にあったのであろう。中学の一年坊主が「歯車」なんかを読んでいれば親は心配する。

我が家には当然のように漱石全集があった。漱石が尊敬すべき作家であることは小さな私にも雰囲気で分かったが、全集の中でちゃんと読まれたのは「吾輩は猫である」と「坊っちゃん」だけではなかったか。それらの巻だけが、背表紙が汚れ、ぐじゃぐじゃに軟らかくなっていたのを覚えている。沢山いる兄弟姉妹がかわるがわる読んだのである。そうして漱石の次が芥川、と一種のランク付けが出来ていた。先のK記者と同じである。それは大抵の中流家庭で似たようなものであったはずである。

実際、子供の頃から私は芥川をよく読んでいるわけで、菊池寛が力を入れ、芥川も協力した興文社の「小学生全集」は、兄貴の家庭教師だった大学生から貰って家に揃っていたが、その中に入っていた「アグニの神」やアナトール・フランスの翻訳に〝感心〟して、全集を読み始めたのであった。中学生、いや、大学生になっても、作文その他に、芥川の多用する「のみならず」を自分も真似して使っている。

「鼻」や「羅生門」や「芋粥」のような作品はそう何遍も読み返さなかったが、「或阿呆の一生」や「大導寺信輔の半生」などは、何故か何度も繰り返し読んだ。デビュー当時の短編のような切れ味の鋭いコント風の作品ではないけれど、自分の生涯を振り返り、発狂を恐れ、死を想う文章は痛ましく、子供心に沁み入るような気がした。目を瞠るような秀才で、颯爽と文壇に登場した新進作家には違いないけれど、内実は気が弱くて、人が好く、周りの人間に気を遣うのである。彼はやはり、両親が痩せ馬にされて鞭打たれると声を上げずにはいられない杜子春なのだ。日本の読書界では、杜子春的試練に耐えた、文学以外の全てを削ぎ落としたプロの文士であることが小説家には求められ、ありがたがられる傾向があるけれど、（たとえそれが単なるだらしなさの結果であっても）芥川龍之介にはいつまでも学者的な規矩の正しさと生活者としての臆病さ、あるいは行儀のよさがあり、それが佐藤春夫等に、「ほら、ほら、その窮屈なチョッキを脱いだら」などとからかわれる元になったのであろう。

　しかし、私のような普通人にはそのアマチュアリズムというか、ディレッタンティズムが好ましく、人柄が懐かしく感じられるのである。老年になった今も、彼のこの時代の作品をしみじみ読み返すし、芥川という人物に対する親しみの気持は変わらない。

　この頃のものは、その窮屈なチョッキを脱ぎかけた、肩の力の抜けたものであるように感じられる。それどころか、これが瀕死の、よれよれの作家の仕事か、何処にそんな気力、体力が残っていたのか、と言いたい気さえするのである。

　小説家の寿命は、書き始めて十年とよく言う。漱石もそうであるし、この芥川もそうである。

海外では、バルザックやモーパッサンが流行作家として猛烈に書き始めてから実質十年そこそこで死んでいる。モーパッサンは梅毒だったらしいし、バルザックは暴飲暴食、コーヒーを何十杯もがぶ飲みしながら書きに書く、という不健康な生活だから、いくら頑健な体でも、永くは持たなかったであろう。詩人の創作者としての寿命はさらにさらに短い。実例はいろいろ挙げられるとして、肉体的にはそう無理なことをしなくても、詩や小説を書くというような、精神的に常に追い詰められた状況にあると、人間は、どんな人でも、やはり十年ぐらいしか持たないものなのであろうか。

頭の中の大図書館 ——南方熊楠——

南方熊楠のことを考える時、まず脳裏に浮かぶのはあの漆黒の険(けわ)しい目である。しかしその目は決してこちらを、あるいは「此所(ここ)」を見ていない。常に「彼方(かなた)」を凝視している。ジャクソンヴィルでの熊楠二十四歳の凛々しい肖像にしても、植物研究所基金募集のため上京した際の五十五歳の写真にしても、あるいは晩年の紋付を着た比較的おだやかな表情の写真にしても、視線はたいてい、あちらに向けられている。昔の写真の人物は、たいていあっちの方向を見ているが、熊楠の目は凝視している

二十四歳の南方熊楠（南方熊楠顕彰館〈田辺市〉所蔵）

＊南方熊楠（一八六七―一九四一）——和歌山生まれの博物学者、民俗学者。大学予備門中退後、英米などで研究活動。帰国後、粘菌の採集や民俗学などの論文を多数執筆した。

のである。

いきなり話がそれてしまうようだが、これと同様の、深い恐ろしい目の持主として、私は内田百閒のことを連想せざるを得ない。そして、この人もやはり常人ではない。『百鬼園随筆』は、滑稽なレトリックを工夫していて、読んでいてくすくす笑いたくなるような文章であるが、その奥にもう一層、何だか得体の知れない恐ろしいものが蹲っているような、退っ引きならぬものの気配がある。『阿房列車』でさえそうなのであって、あのノンセンスは、それこそ冗談ではないのである。

一方、熊楠の視線は、この世界の区々たる森羅万象の間を彷徨い、宇宙の中でそれらを結びつけている、見えない糸を探し続けるかのようである。

熊楠が世界中の文献、談話の中から発掘してきてほとんど限りもなく枚挙し続ける、一見他愛ない民話、伝承の中には、しばしば残酷きわまる真実と、恐るべき理不尽さとが含まれているのだが、百閒の方は、日常のなにげない薄皮に包まれた生活の中に、ほら、そこに、と指差すように、恐いものが隠れているのを見ていたように思われてならない。

書き写すことのマニア

ところで若き日の熊楠という人はいったい自分の人生をどんなものにしたい、何がしたい、と思っていたのであろう。弟、常楠の目に兄はどのように映っていたのかを考える時、熊楠に送金し続けた常識人の弟夫婦がつくづく気の毒になる。「兄貴は半分頭が変じゃ」、そう、常楠は思っていたであろう。もちろん、この兄貴が普通の人間でないことは誰にでもすぐ分かる。なにしろ九歳ばかりで、小学校の同級生の家にある、漢文で書かれた難しい本を、その挿絵まで含めて筆写するのである。紀州白浜の南方熊楠記念館に展示されている『和漢三才図会』『本草綱目』などの写本を見ると、これが小学生ぐらいの子供の手になるものとは、とうてい思えない。

音楽などの世界には、早熟の天才の例が数多く見られるようで、たとえば幼年時代のモーツアルトは、宮廷の見世物のような存在であったようだが、熊楠も神童として、世が世なら、というか太平の世なら、紀州の殿様の御前にでも出て、それらの書物の内容を諳んじるとか、筆で書いて見せるとか、知的曲芸のようなことをやらされていたかもしれない。

しかし熊楠本人としては、人に褒められようとけなされようと、気に入った書物は筆写せずにはいられないのである。彼は書き写すことのマニアであって、しかも書き写したものはその頭の中にクッキリと残ったようである（この筆写という点で、私は、あの手塚治虫が少年時代に構想し、他の昆虫図鑑を編集しながら描き写した肉筆の回覧用会誌のことを思い出す）。

慶応三年生まれの熊楠は明治十六年、十六歳の時に上京し、神田の共立学校に入学している。

面白いと言えば面白い時代で、英語の先生はアメリカで奴隷として売りとばされた体験を持つ高橋是清である。同級生は士族出身の者が多く、この頃、平民で学問を志す者には何かとハンディがあったようである。

翌年、大学予備門に入学。明治と同い年のこの学年には、後の夏目漱石や正岡子規、山田美妙ら逸材がそろっていた。

江戸っ子で、生まれた時からずっと東京に住んでいる夏目(当時は塩原)金之助君らと違って熊楠の場合は、初めて親元を離れて異郷に下宿したわけである。場所は神田錦町。そこから予備門まで歩いて通う。下宿のまかないに出てくるおかずのたぐいは真っ黒に煮〆られて醤油辛い。相手の言葉は東京弁だというけれど、荒っぽい北関東の訛りの人も多いように思われる。それがずいぶんぞんざいな言葉遣いに聞こえた。

というのが、地方から出てきた熊楠や子規の異文化体験であろうが、あの塩原君は若い頃にこういう体験をしていないから、田舎の学校に赴任した時も、そして特に、いい加減歳をとってからロンドンに行った時にも意気地がなかったのである。

しかし熊楠にしても子規にしても、まず初めに付き合ったのはもっぱら同郷の仲間たちだったはず。その生活ぶりは坪内逍遥の『当世書生気質(かたぎ)』に描写されている学生生活とそれほど変わらなかったものと思われる。すなわち寄席の娘義太夫や流行り唄に夢中になり、無理に酒を飲み、大食い競争をする、といった他愛のないもの。下宿で腕相撲をしているうちはまだいいが、勢いあまって本当に相撲をとり、「二階が壊れる!」と下宿のオバサンに叱られる、とか。熊楠が通常の学生と違うところは、立身出世のために、嫌な学科でも我慢して勉強し、卒業証書を取るといった気持ちが一切なかったことである。

授業などを心にとめず、ひたすら上野図書館に通い、思うままに和漢洋の書物を読みたり。（「履歴書」〈矢吹義夫宛書簡〉『南方熊楠全集』第七巻、平凡社）

ただ読むだけではなく、これと思う書物は例によって書き写す。そして覚えてしまう。上野の図書館は熊楠にとって夢のような場所であった。後にロンドンに行って大英博物館図書室という、世界の図書館の親玉のようなところでも、夢中になって筆写することになる。

それぞれの筆写本は「課餘随筆」「ロンドン抜書」等として残っているが、同じ中身が熊楠の大脳の中にもあったわけである。しかし、大学予備門に籍を置いてはいても、授業に出席しないのであるから、これは独学である。結局彼は、興味のない学科で落第点を取ってそのまま予備門を辞めてしまう。

父親の弥兵衛はがっかりしたであろう。あるいは息子を知る彼は「どうせそんなこっちゃろうと思うとった」かもしれない。

熊楠は次にアメリカに行かせてくれ、と言う。和歌山はまさに日本の東の涯で、その先には太平洋、ハワイ、アメリカ本土しかない。貧しい人は移民としてアメリカで働き、金持ちの子息たちは留学生となって、勉強は別として、とにかく箔を付けて帰って来る。筆者の時代でも、明治生まれのはるかな先輩だが、貧しい家の出身で、どうしてもと思って密航し、あちらで苦労して成功した、というあの地方出身の代議士がいた。

アメリカの大学でも熊楠のやることは同じ。ただ白色人種に対する敵愾心（てきがいしん）が旺盛になった。図書館での独学の日々。しかしアメリカの地方大学に大した本はなかった。バンカラな仲間の日本人留学生と酒を飲んで騒いでいるうちにとうとうモンダイを起こしてアメリカを去り、キューバに渡ることになる。明治二十四年のことである。

熊楠には、決して名前からの洒落ではない、南方（なんぽう）への憧憬が常にあった。それは故郷、紀州の自然に育まれたものであろう。キューバでサーカス団に出入りして、いわば芸能集団の仲間とともに日々を送る一方、菌類等を採集するのである。

およそ博物学というものは、フィールドでの実地の観察、採集と、図書館、博物館での文献渉猟の二つの作業から成る。そのどちらが欠けてもいびつなものになるしかない。

熊楠の場合、菌類の研究ではそれまでにもうかなりの経験を積んでいた。採集品の整理だけでも、この人生の時間がいくらあっても足りない、という状態になっていたはずである。

中瀬喜陽（ひさはる）氏作成の年譜によれば、この頃、つまりキューバの曲馬団にあって、「課餘随筆」に『土佐日記』を抄写している、というのだが、その元になる『土佐日記』のテキストそのものは自分で所持していたわけであろう。だから、読もうと思えばいつでも読めるわけで、わざわざ書き写したというのには、そうせずにはいられない何か衝動のようなものがあったからではないか。やはり熊楠は書き写すことのマニアだったのだ、と私などは思ってしまうのである。細かい筆文字でびっしり書き込んである熊楠の自筆原稿を見ると、筆写するという手の運動が、彼の脳の回路の働きとぴったり繋がっていたように思われてならない。

熊楠とファーブルに共通する観察眼

熊楠にロンドンでの活躍の機会を与えたのは、『南方熊楠英文論考［ネイチャー］誌篇』（集英社）所載の松居竜五氏の解説にあるように、ロシアの男爵で昆虫学者（膜翅目）のC・R・オステン＝サッケンである。

オステン＝サッケンは、ウェルギリウスの『農耕詩』や『旧約聖書』の中に出てくる、牛や獅子の死骸からミツバチ、あるいはハチが生まれるという記述について、この「ミツバチ」は「ハナアブ」と混同されているのではないかと論じた。その頃やっと、教会を恐れることなく

『聖書』について語ることができる時代になっていた。

ミツバチは、その幼虫がミツと花粉を食べて育つハナバチの仲間だが、ハナアブの幼虫は、汚水、汚物などの中で育つ。これらの幼虫同士は姿が違うから一見して識別し得るものであるが、成虫同士となると、どちらも黄色の地に褐色の縞模様があって、一般の人の目には同じように見えるのである。

牛からミツバチが生じるという俗信はアラビアにも存在することを知っていたオステン＝サッケンは、これが世界の他の地域にも存在するのではないかと考え、雑誌「ネイチャー」に、「誰かこのことについて御教示下さる方は……」と公募したのである。

これこそ、熊楠のための学界への招待状のようなものであった。熊楠の頭の中の図書館が活発に機能し始める。大英図書館、そして博物館に出入りを許されると、イギリス人の学者にはなかなか読みこなせない和漢の事物を読み、電光のようにそれらを結びつけることができるのである。頭の中にたちまち目次が出来上がり、それぞれの頁がクッキリ浮かび上がるのだ。

こうしてオステン＝サッケンと南方熊楠により、牛からミツバチが生まれるという俗信の実態が明らかにされたわけだが、このハチとアブとの外見上の類似は、擬態の好例として当時流行していた進化論者のために都合のよい、ひとつの論拠となっていた。しかしその進化論支持者らもきわめて観念的で、俗信を広めた人々同様、実際の自然を詳しく観察していないのである。

ほぼ同じ頃、南仏の田舎ではジャン＝アンリ・ファーブルが、進化論という潮流に抗して、まさに孤軍奮闘していた。

ファーブルは『昆虫記』の第一巻から進化論に反対し続けていたが、第八巻で、進化論者らの例にあげているハナアブとスズメバチとの擬態説を否定し、観察に基づいて細かく論証している。少し長いが以下に引用しよう。

（……）その黄と褐色の縞模様は、何となくスズメバチの衣装と似ている。今もてはやされている学説は、ベッコウハナアブを擬態の見事な例とするため、黄色と褐色の縞模様を引き合いに出している。つまり、このアブは、成虫自身のためではないにしても、すくなくともその子孫のために、スズメバチの巣に寄生者として潜り込まなければならない。それでアブは巣を乗っ取ろうとして、宿主であるスズメバチの衣装を身につけて相手を欺いている、というのである。ハチの巣の中でアブは住人の一員と見間違えられるので、安心して仕事に励むことができる、ということなのだ。

ごくいい加減に真似をした衣装に騙されるスズメバチの馬鹿正直さだとか、仮装でハチの目をくらましてやろうというアブのほうの悪辣さだとか、そんなことを信じるほど私も騙されやすくはないつもりだ。連中がいうほどスズメバチは愚かではないし、ベッコウハナアブも悪知恵が発達しているわけではないのだ。もしこのアブが本当に見かけで相手を騙してやろうと狙っているのだとすれば、その変装は失敗だということをはっきりさせておこう。腹部に黄色い帯を巻いたぐらいでスズメバチになれるわけがない。それに加えて、というよりまず第一に、すらりとした体つきをしていなければならないし、身のこなしも敏捷でなければなるまい。ところが、ベッコウハナアブときたら、体はずんぐりしているし、ぼってり鈍重な感じなのだ。スズメバチがこんなのろまな奴のことを自分たちの仲間と取り違えるなんて絶対にありえない。違いが大きすぎるのだ。

気の毒なベッコウハナアブよ、擬態説はおまえには充分なことを教えなかった。おまえがしなければならない根本的なことは、スズメバチの体形になることだったのだ。それをおまえは忘れている。おまえはでぶのアブのままで、正体はすぐ見破られる。それでもおまえはあの恐ろしいハチの洞穴に侵入していくのだ。あのスズメバチの巣の外被にばらばらといっぱいに撒き散らされている卵からもわかるとおり、おまえは危険な目に遭うこともなく、長いあいだそこにとどまっていることができるわけだ。いったいおまえはどんなふうに振る舞っているのか。

（拙訳『完訳 ファーブル昆虫記』第八巻下、集英社）

自然の多様性をつぶさに観察すればするほど、大雑把な法則のようなものは立てられなくなる。ダーウィン自身もファーブルの反対に遭って「私の進化論は昆虫の世界には通用しないようだ……」と言ったという。実際、その後の進化論の進展と複雑化そのものが、この世界の多様性を証しているとも言えるのだが、晩年のダーウィンはそれらのことについて口を閉ざし、ミミズなど、自然の細部の観察に戻ったようである。そもそも彼は、あのアルフレッド・ラッセル・ウォレスがインドネシアの島から、自分の考えと同じようなことを記したいわゆる「テルナテ論文」などというものを送ってきさえしなければ、自分の進化論に手を入れ続け、例証を増やしていつまでも楽しんでいたかったのだと思う。

熊楠もまた、この枚挙の学問である博物学の世界で、早急な結論を出さなかった。彼の学問は永久運動のように無限に展開し続けるものだったようである。

牧野信一と昆虫採集

歴代の文学者の中で、昆虫採集に憂き身をやつした、などという人が果たして何人いるだろうか。

そもそも昆虫採集などというものは、児戯に類するものであって、そんな事に夢中になるのは、子供、といって悪ければ、中学、高校生くらいの半大人である。まあ、子供でなければ、相当な奇人ということになるだろう……世間の人はそんな風に思っているのに違いない。

戦前、戦後に、昆虫採集が大いに推奨された時期があった。その理由は、「科学への第一歩」というのであるが、当時、日本の田野に虫は溢れるようにいたし、それに第一、昆虫採集には金が掛からなかったからであろう。同じような「子供の科学」の研究でも、天文となると、望遠鏡のような設備がいるし、機械いじりもそれなりにお金が掛かる。昆虫採集なら、その辺にいくらでもいる虫を採集して標本を作り、名前を調べればいいのである。

それに日清戦争以来、台湾が日本の新領土になっていた。台湾には南方系の珍奇、華麗な虫が豊産する。昭和初年は、領土拡張、特に南進論の時代である。昭和八年には、樺太、朝鮮、台湾までの昆虫を網羅する、平山修次郎の『原色千種昆虫図譜』という優れたカラーの図鑑が、正続二冊で三省堂から発行され、高価なものであったにもかかわらず、大ベストセラー、かつロングセラーになったし、昆虫の採集法、標本製作法では、加藤正世の『趣味の昆虫採集』が同じく三省堂から昭和五年に既に発行されていた。

それで、この昭和初期を、昆虫採集の第一期黄金時代という人がいる。第二期は戦後の昭和三十年代以降ということになろう。

ところが東京オリンピックと高度経済成長の時代になると、昆虫、特に蝶の採集を自然破壊と言い立てるようになった。工場や住宅を造るために田野を切り開き、都市化して昆虫が減ったことの原因を、〝悪質なマニア〟や業者による採集のせいにしたのである。そして、採集禁止の場所が増え始めた。とにかく採集禁止にさえしておけば、それで一応責任が果たせると、世界中のお役所で、未だに思っているようである。

それはともかく、昆虫採集と言えば、小学校の高学年から中学校時代の夏休みの宿題——そういうことが世間の常識人の頭に真っ先に浮かぶらしい。

＊牧野信一（一八九六—一九三六）——小田原生まれの小説家。短編「爪」で島崎藤村に認められる。私小説的な作風ののち、幻想的な作風に転じた。

その昆虫採集と、昔々の小説家、牧野信一という名とが私の中で結びついたのは、彼の仲間内の誰かの、

　牧野さんが時々庭球選手のような颯爽たる服装でやってきて、おい昆虫採集に行こうと言う。

（「流浪の追憶」『坂口安吾全集』02、筑摩書房）

という、一文であった。それ以来、牧野信一という名に気をつけていたけれど、文庫などにもあまり入っていないようだし、なかなか作品を読む機会がなかった。近、現代の国文学研究者が、研究対象に選ぶほどの大物作家として扱われてもいないようである。

　そのうちに、神保町の古本屋で、むかし筑摩書房等で出版された文学全集の端本が、なんだかタダみたいに安く売られているのに気がついた。みんなもうこんな大きな本を買わないらしい。学生が下宿に、ミカン箱に紙を貼ったような本箱をこしらえてそこに本を並べる、というような習慣がなくなったし、そもそも、受験参考書と専門書以外は読まなくなったからであろう。

　文学全集とは、ご存知の通り、明治、大正、昭和初年の作家、たとえば、「梶井基次郎、三好達治、堀辰雄集」「武田麟太郎、島木健作、織田作之助集」という具合に、二、三人ずつまとめ

て一冊に収録した、むかしで言えば円本である。

文字は細かく、ぎっしり三段組みに詰まっているけれど、当時の私に取って、字の細かさは気にならなかった。むしろ、一冊に読みたい物がたくさん入っていて得をしたような感じがしたものである。

それを、古本屋街に行くたびに数冊ずつ買う。四冊も買えばずっしりと重くて、もうどこへも寄る気がしなくなるのだが、そんな事を繰り返しているうちに、自宅に〝文学選集〟が出来てきた。しかしそんな中に入っているのは、その作家の代表作というか、有名な作品ばかりで、断簡零墨まで読みたいと思えば、やはり、個人全集を買わねばならない。

もちろん、図書館という手があるのだが、わざわざそういうところに通って手続きをしたりすると、なんだかお勉強をしているような具合で、興ざめである。虫の文学史などという趣味的なテーマを漁るのはやっぱり寝転んで、あ、こんな所にこんな文章が、とか言って横着に、本の頁を犬の耳のように折るのが理想であって、眦(まなじり)を決し、ねじり鉢巻をしてカードを作り、というのでは風流味に欠ける。だから、そうやって自然に目に付くことを集めて行く、それでかまわない、ということにした。

そのうちに、この牧野信一に「ベツコウ蜂」という、かなり長い小説があることを知った。冒頭部分を読んで、私は「おっ」と思ったのである。それはまさに「虫屋」、つまり虫マニアの文章ではないか。そこをまず引用してみよう。

> 僕がこの田舎にたどり着いた時分は、恰も僕の目指す膜翅類の花々しい活躍期であった。だが僕は自らすすんで採集の野へ立ち向う程の気力も失せて、稍ともすれば森陰や水ふちの隠花植物のはびこった日陰に蹲って、果てしもない嘆きの身柄を持ち扱うばかりであった。梢を見あぐれば有吻類の鳴き声がかまびすしく蝶のヒカゲ、キマダラ、カラスの類いがひらひらと踊りまわり、見霞すむ稲田の上に眼を放つと蜻蛉の群がさんさんたる陽りに翅を翻して游泳しているのだ。まことに僕は、これらの花々しい虫類の活躍を眺めるさえ、悲しい圧迫を強いられて、稍ともすれば首垂れがちであった。腕を曲げて、膝の上に眼を閉じるばかりであった。
>
> （「ベツコウ蜂」『牧野信一全集』第五巻、筑摩書房）

膜翅類というのは、要するに蜂の仲間である。同様に、有吻類というのは、今は使わない用語だが、半翅目、今の蟬のことであろう。蟬がやかましく鳴いているというのである。蝶としては、ヒカゲチョウ、キマダラヒカゲ、カラスアゲハなどがたくさんいる。稲田の上に群れ飛ぶ蜻蛉はナツアカネ、シオカラトンボの類いであろうか。「採集の野」は今なら「フィールド」というところ。

蜂、蝉などと普通の言葉で書けばいいものを、わざわざ昆虫学の用語を多用するのは、一般の人に通じようと通じまいとかまわない、そう書かなければ感じが出ないと思っているからであろう。

そもそもこの田舎まで出かけて来た時の彼のいでたちはと言うと、昆虫採集家そのものなのである。「捕虫網と毒瓶と麻酔薬と展翅板と解剖器と標本箱の類いを槍や楯のように抱え込み、そして一丁のギターを背中につけて逃げ延びて来た」、という。頭にはヘルメットをかぶり、脚にはゲートルを巻いていたのではないか。この装備は、東京駒場の平山製作所とか、当時標本や理科の器具も売っていた神田の三省堂あたりで仕入れたものかもしれないが、父親の代からのアメリカ通の牧野のことであるから、ひょっとしたらアメリカ製かイギリス製の可能性もある。

わざわざ東京から訪ねて来てくれた仲間の前にも、彼はこういう格好で現れたのである。彼が東京から逃れて来た時、この田舎は、夏の真っ盛りであった。賑やかなのは、先に述べたように空中の世界ばかりではない。水の中も生命に満ちている。

（……）そして、かすかに眼蓋を開くと、あしもとの小川の水は眼ばゆく照り映えて、空のように澄んだ水底には、水カマキリやヤゴが物憂気に這いまわり、目高が飛び交い、アメンボウが水の表面を長い脚で可笑しく歩いているのだ。産卵の発作に駆られた蜻蛉が舞い降りて来て、水の上をほいほいと叩く姿が、影を映じて、恰も二個の虫体が、水の上下で囁きを交していているかのようであった。（同前）

この蜻蛉は尻尾で水を打つように、いわゆる打水産卵をしているのである。昭和初年の水の中は水性昆虫や小魚、小動物でいっぱいであった。それが変わったのは昭和三十年代の初め、農薬が普及するようになってからのことである。農薬によって、水中はほとんど死の世界と化した。そのうえ公共工事という名目によって、予算を消化するための、純粋芸術ならぬ、工事のための工事によって河川という河川に三面コンクリート張りの護岸工事が施された。

昔の護岸工事なら蛇籠などを使っているから、その隙間に様々な生物の住処があったけれど、カチンカチンのコンクリートでは、生き物の潜り込む所がない。田園と一口に言っても、昭和の三十年代を境に、その細部はまるで違った世界になっているのである。

今、天才などともてはやされている田中角栄は、日本列島改造論の主唱者であるが、いっぽうで日本の風景と自然の大破壊者でもあって、この一個の天才のおかげで、日本全国の河という河は、コンクリートで三面張に固められた、生物の乏しい、あたかも蓋のない水洗便所のようになってしまったのである。そんな公共工事のためにお金が循環し、豊かで潔癖性の高度経済成長の時代になったのだが、一方では、「国栄エテ山河無シ」という風景の広がる国になってしまった。

それはともかく、牧野が東京から逃げ延びて来た当時の田舎は生き物だらけであって、彼はその生物、特に昆虫を求めてここに来た。ところが、その豊富な生物を見ると彼は圧倒されるというのである。

（……）やはり僕は圧倒されるのだ。自分の考えや、生活の不自然さが罪多く呪われて、忽ち胸のうちがもくもくと戦いて来るのだ。生きものゝ姿から暫しの間でも眼を転じたいものだ――とは、この節の僕の屢々なる吐息であるのだ。僕が捕虫網を振りまわす心底は、云い得べくば、吾と吾が虚無を翹望（ぎょうぼう）する無惨な妄想へのための暴挙に他ならぬのだ。（同前）

生き物の活動している所を見ると、「自分の生活の不自然さが罪多く呪われ」るとか、「吾と吾が虚無を翹望する無惨な妄想へのための暴挙」とか、話が難しくてもうひとつよく解らないが、この小説の前後を読むと、主人公は、一種の酒乱であるらしい。その酒乱のせいで、人と酒を飲んで翌日眼が醒めた時など、恥ずかしくてたまらない。結局のところは東京にいられなくなって、こちらに逃れて来たようである。

そう言えばこの小説は、いきなりスパルタの故事から話が始まっている。

ひとりのスパルタの旅人が述べていた。

「わたしの国では凡ての人が、若しも乱酔者を発見した場合には直ちに彼を捕縛して厳罰に処し、鉄窓のもとにつなぐべき権利を付与されている。(……)」(同前)

続いて自分自身のことを、

僕は、まことに極りもなく野卑であり、破廉恥なる屋根裏の乱酔者であった。(……)(同前)

と述べるのである。つまり、酒を飲むと、自分で自分を制御することができない、誰かこの俺を管理してくれ、という一種の甘えである。

そもそも牧野信一は、早稲田の出身である。いわゆる文士と、それを目指す文学青年の仲間では、早稲田派は一大勢力である。帝大出身者や三田の出身者よりはるかにその数は多かった。たとえば太宰治に、「早稲田界隈」でのことを書いたものがある。牧野の時代より、もう大分後年の話らしいが、ある時井伏さんについて高田馬場に行くと、それを慕う文学青年たちがどこからともなく、湧くように出て来てぞろぞろついて来る。この連中にどうやって飲まそう、と、懐具合のあまり豊かでない井伏が内心ヒヤヒヤする、という事情を、太宰が面白可笑しく書いたもので、多少の誇張はあっても事実はその通りであったろう。文士、評論家の仲間に同窓生が大勢いる。そしてその連中がつるんで酒を飲み、意気投合したり喧嘩をしたりしているのである。

ところで牧野は井伏の先輩格で、牧野の「エハガキの激賞文」（一九二九年）を読むと、井伏鱒二という新人の「鯉」（一九二八年、三田文学版）という小説を発見し、仲間にその天才ぶりを吹聴したのは自分、ということになりそうである。

いっぽう、井伏の「晩春の旅」（一九五二年）には、牧野について、ずいぶんと恨み深いようなことが書いてある。その、小説のようでもあり、随筆のようでもある濃厚な文章、「晩春の旅」から、井伏鱒二の言い分を聞いてみる。

私は今度の九州旅行に、花梨のステッキを持って出た。このステッキは、二十年ばかり前、私が「作品」という文芸雑誌の同人であったころ、牧野信一氏から貰ったものである。そのころは、一般にステッキをついて歩くことが流行っていた。ちょっと散歩に出るにもステッキを持って出る。「作品」同人のうちでも、堀辰雄は室生犀星さんから貰ったスコットランドの秦皮（とねりこ）のステッキを常々ついていた。永井龍男は光沢のある黒っぽいステッキをついていた。小林秀雄は志賀さんから貰った薄墨色のステッキ、三好達治は薄茶色のぴかぴか光るステッキ、河上徹太郎は晴雨にかかわらず洋傘、中島健蔵は各種とりかえ引きかえ常にそれも太めのステッキ。無論、「作品」同人以外の友人たちもステッキをついて歩いていた。青柳瑞穂は握りのとれたスネイク・ウッドのステッキ、木山捷平は桜のステッキ、浅見淵（ふかし）は秦皮、上林暁は握りが大きく湾曲したステッキ。

（「晩春の旅」『井伏鱒二全集』第五巻、筑摩書房）

このあと、牧野信一氏は花梨のステッキ、と続くわけで、それはもう「私」、つまり井伏鱒二が貰って持っている。

逆に言えば、牧野信一の主要な文士仲間はここに書かれていることになる。それにしても井伏鱒二が、ステッキと、その持ち主を列記しただけで、それがそのまま人物評になるのはさすが、と思わせられる。

少なくとも、誰が誰からステッキを貰っているかを記せば、それがそれらの人物の兄貴分、弟分の関係を表しているようにも読める。さらに勘ぐれば、井伏鱒二は、牧野信一からステッキを貰ったことが、今となっては気に入らないようでもある。

私はこのステッキを愛用していたが、牧野さんと気拙（きまず）くなってからは、玄関の傘戸棚のなかに蔵ったままにしておいた。ときたま、傘を出し入れするときなどそれが目につくと、そのつど牧野さんの苦笑いする顔が目に浮かび、なぜ仲なおりしておかなかったろうと気になることであった。（同前）

その原因については、あまりに些細なことなので省略するけれど、牧野さんはしつこくこだわるのであった。

牧野さんは私を法螺吹きの嘘つきだと口を極めて罵倒した。みんな酒の上の話だが、あとから牧野さんは文章に書いて私を嘘つきだとこきおろした。こんなに追いつめられると私は反抗する。勝手にしろという気持になった。そのうち一年あまりたって、牧野さんが小田原の生家で自殺を遂げたという記事を新聞で見た。理由は私にはわからない。おそらくは、よほど前からもうむしゃくしゃして、八つ当りする事情があったものと思われる。（同前）

何だかずいぶんと冷たいようである。「晩春の旅」が書かれた時、牧野信一は既に自滅しているのだ。小田原の実家の納屋で首を吊っているのである。井伏という人は決して意地悪な感じのする作家ではないが、その透徹した観察力で、本当のことをじっくり書くというのは、一番の意地悪行為にもなり得るようである。

いずれにせよ、こんな仲間内にいて、牧野信一は、独りでいらいらし、しかもその原因は自分自身にあるということは分かっているから、遣り切れなくて益々酒乱になる。そして東京からも友人たちからも逃げ出さざるを得ないのである。先の彼自身の言葉、

僕は、まことに極りもなく野卑であり、破廉恥なる屋根裏の乱酔者であった。

が、悲痛に響く。こんな友人とつきあうのはごめんだが、小説の読者としては彼に同情する。

さて、「べッコウ蜂」に話を戻せば、自然を求め、虫を求め、少年時代に博物学者志望であったという彼は、採集道具に身を固めて田舎に落ち延びて来たのだが、虫を採る気力、どころか、虫と眼を合わせることさえ出来ないという無気力状態に陥って、無為に日を過ごしているようなのである。そして六十日あまりが過ぎ、もはや夏の虫の盛りは過ぎてしまった。

蝉の声はすっかり止絶えて、わづかばかりの赤トンボと秋型の黄蝶がちらほらとしか飛んでいない頃となった。僕が、乱酔者たる自身を、自ら捕縛して、この人里離れたる森陰の小屋に閉じ込めて以来、好くも長い孤独の日々に堪えて来たものとさえ思わるるのだ。僕は、まるで犯罪者のように兢々（きょうきょう）として、出逢うものの眼である限りは蜂や蜻蛉のそれでさえも怕（おそ）れ戦（おのの）くほどの怯懦（きょうだ）なる心を抱いて逃げて来た。

（前掲「ベッコウ蜂」）

やがて秋になり、虫たちの姿はさらに稀になる。すると、主人公の寂しがること。

虫がいなくなってからの僕の生活は、荒涼たるものである。僕は、孤独の怕ろしさを味わい尽くしているのだ。触るるものの眼である限りは蜻蛉のそれであっても怕れ戦くのだ――などと云っていたが、孤影が生むところの尽きざるものの眼は、どちらを向いてもしんしんとこの身に迫って来て、鉾を構える術もないのだ。

（同前）

それにしても、蜂や蜻蛉とさえ目が合わせられない、というのはハッキリ言って異常である。そのくせ虫がいなくなると寂しくてたまらない。人間より虫が恋しいのである。

そしてまさにこの時、この小説のメイン・イヴェントとも言うべき事件が起きる。と言っても、普通の人は笑うかもしれないが、ベッコウバチとアシナガグモとの戦いの現場を目撃するのである。ベッコウバチがクモを狩る、いわゆる狩り蜂であることは、この時代にはインテリにはよく知られていた。ファーブル『昆虫記』の翻訳が、大杉栄らによるものを始めとして三種類も出ていたからである。

慌てて水際の草の中へ眼を転じ、怕（おそ）るる胸をさすらうとすると、おお、俺は観た——一個のベッコウバチと一体の脚長蜘蛛（アシナガグモ）とが、今や孔雀歯朶（クジャクシダ）の葉裏で、死もの狂いの大格闘を演じつつある惨状を！（同前）

それから、ユーモラスなような、深刻なような、また少年小説と言ってもよいような、善玉と悪玉のハッキリした物語が展開されるのだが、それを全部引用するのはやはり長すぎるように思われる。それから、ハチとクモの行動についての記述も、面白いけれど、ちょっと作り物のように読める。

「晩春の旅」の結末だけを紹介しておけば、井伏は、牧野さんからいただいた、この花梨のステッキを汽車の中に忘れて来る、後でその事に気がつくのだが、あえて取りに行かない。そしてあくまでも冷たいことを言い放つ。

「あれは、大事なステッキなんだ。先輩からもらった、大事な遺品……」

ふと私は口をつぐんで、「いや、ばかばかしいステッキだ。」と云いなおし食堂車を出た。

（前掲「晩春の旅」）

『輝ける闇』から『珠玉』へ
〜フウマ先生に出会うまで ——開高健——

開高健という作家は、ヴェトナムをたっぷりと楽しんだと思う、などと言うと、誤解を招くかもしれない。この作家は戦乱のヴェトナムで、戦争とは何か、人間の本性とは何かについて考え抜き、悩み、苦しんだのだ。それなのに楽しんだとは、何を言うか、という叱責がたちまち殺到するにちがいない。

——それはその通り。曳光弾(えいこうだん)があたりを明るく照らし、重機関砲が地響きを立てるサイゴン河の河岸で、同じ立場の新聞社特派員たちと、あるいは最前線の塹壕の中で、軍事顧問団のアメリカ人将校、そして真の当事者のヴェトナム人将校たちと、打ち解けて語り合い、議論し、人間は何をしているのかについて考え、見極め、絶望し、もう一方で、いい材料を得たぞ、これをこそ書かねばと思いながら、命からがらほうほうの体で逃げ帰ったことになるのだが、それでもヴェトナムの風土の中で、開高健という人はその本質において、くつろいでいるように思われる。

　六声もの音の抑揚を使い分け、ピヨピヨ、パウパウと、外国人には難解きわまるヴェトナム語の飛び交う街中の雑踏、ニョク・マムの匂いやら、棄てられた魚のはらわたの腐臭やらが熱帯の太陽のもとで分解され立ち昇る路地を歩き、道端の屋台で「チャアシュウメン」に舌鼓を打ち、中級レストランで蟹の身をせせり、現地の物価からすれば法外な値段の高級レストランでフランス料理にアルジェリア産の赤ぶどう酒を飲み、マジェスティック・ホテルのドライマティーニが一番切れ味がいい、などとつぶやき、エキゾティックでありながらどこか日本人に似たところのあるヴェトナム娘との情事にふけりながら、開高健はくつろぎ、懐かしがっている。あえて言えば楽しんでいるのである。

　いったい、何が彼にこの親しさを感じさせるのかと言えば、それは、戦中と戦後の大阪の街であり、湿気と夏の暑さであり、そのさなかで過ごした自分の少年時代である。大阪の街は焼き払われ、中学生の開高少年は、勤労動員で大阪の南郊にある鉄道の操車場で働いていた。軍需工場などはほとんどもう、破壊されつくしている。今はこの操車場が重要目標として毎日のようにグラマン戦闘機の機銃掃射を受けるのだ。その時代、日常的に目にした死に、再びこの

＊開高健（一九三〇―一九八九）――大阪生まれの小説家。一九五三年、『裸の王様』で芥川賞。ベトナム戦争特派員の経験をもとにした『輝ける闇』など。

ヴェトナムで彼は出会うのである。

（……）中学生の私は仲間といっしょに陸橋や暗渠や水田のなかを弾音に追われて逃げまわった。ある日などは水田のなかへとびこむ瞬間に泥の薄い霧をすかして、チラと、戦闘機の機首に描いてあるポパイの漫画、風防ガラスのなかで笑っているアメリカ兵のあざやかなバラ色の頬などを鼻さきに見とどけたことがあったりした。人間は人間を殺すときに笑えるのだという感想が永く私の幼い頭を支配した。いまでもしばしばその短い言葉が私をこわばらせる。（……）

（『ベトナム戦記』朝日新聞社）

空襲と飢餓と疲労とその後の、あたかも死を目前にした結核の病人の性的亢進（こうしん）のような、ヒロポンを打った直後のカラ元気のような、異様な高揚感が時代の空気の中にあった、無我夢中のその時代が体の中によみがえって来る。

ただ、今の自分は戦争の当事者ではない。それこそ、他者なのである。その後ろめたさの感覚は常にある（そしてこの後ろめたさもまた、「太った」という、奇妙に自虐的、同性愛的小説などにしつこく書かれ、小説家本人のために自己弁護の機会を作っているものである。しかし、小説家がいくら自分の他者性を謝罪しようと、本人の気分は救われるかもしれないが、何の益にもならない。どうせ同じことをまたやるのだし、やらずにいられないことなのだ）。あのグラマン機の機銃掃射から、狩り出された兎のように必死で逃れる自分の方を見て、白い歯を見せてにやりと笑った、栄養十分で、健康そうにピンク色に輝くアメリカ兵と、その贅沢な兵営にいて、今の自分は巨大なビフテキを食べた後で、ジャック・ダニエルなどを飲みながら英語で対等に話をしている。すぐ隣には何にもない、豆ランプひとつを灯した土間の小屋で、ヴェトナム兵が、洗面器の飯を食っている。かつての自分は土間にしゃがんでいる方の立場であった。彼はＳＦ小説でも読んでいるような、不思議な感覚にときおり襲われたであろう。

書く文章と同じサービス精神の持ち主

一度だけ私は開高さんの話を間近でゆっくり伺ったことがある。私がまだ若くてたよりない仏文科大学院の学生であった頃のことで、先に卒業して出版社に就職していた同級生が、「開高健にインタビューすることになったんだけど、話を聞いて記事にまとめてくれないか」と言うから付いて行ったのである。

確か、お宅は杉並区の井草だったと思う。新開発の住宅地にある二階建てで、その頃もう太っていた開高さんが階段を上り下りすると、家全体がゆらゆら揺れるような安普請（やすぶしん）であった。これほどの流行作家でもこの程度の家にしか住めないものか、と失礼な感慨を抱いたことを思い出す。そんな風に揺れる家がもうひとつ、私の印象に残っていて、それはずっと後に見た、山口県の萩にある吉田松陰の蟄居させられていた家なのであるが、もちろん、両者に何の関係もない。ただ家が揺れるという共通点だけで、私の心の中に今もときおり出てくる。

開高さんは一人で家に居た。ずーっと一人、こうして家に籠もっていて、「長編小説を書いてる」ということであった。「僕の商売は小さい説を書くことやねんけどな」と言って笑わせる。

書く文章と同じサービス精神の持ち主で、「どや、これ大きいやろ」といきなり言って、壁に掛けたアラスカのキングサーモンと一緒の自分の写真を指差し、威張るというか自慢するのと同じくらい、気も遣う人のようであった。これでは来客があると疲れるだろう。

今考えると、自宅カンヅメの態勢をとってはみたものの、それがだいぶん続き、長い小説を書きあぐねて、そろそろ話し相手が欲しいというところだったのではないか。その小説は『輝ける闇』(一九六八年)の続編になるはずだということであった。

私たちの世代の者にとって、開高さんの『ベトナム戦記』(一九六五年)は、衝撃的な本であった。朝日新聞社の特派員としてヴェトナムに飛び、本当にジャングルでの戦闘に参加して取材した。そして〝ヴェトコン〟の包囲攻撃を受けて、部隊の大半が殲滅されるという目に遭っている。ヴェトナムに平和を!と叫ぶインテリのデモなどは、やむにやまれぬ、良心的な活動だったが、開高さんは本当に従軍記者になったのだった。デモで警官隊ともみ合い、興奮して居酒屋で激論を闘わせる。家へ帰ると心配した母親がおにぎりなどを作ってくれてあり、風呂に入って寝る、という連中を尻目に、実弾が飛び交い、人が死ぬ熱帯の戦地に行ってルポルタージュを書いた。そしてそれをまた小説『輝ける闇』に仕上げた。小説の方はもちろん、細部を彫琢（ちょうたく）し、磨き上げ、ニスが塗ってある。作品がここにある、という感じがする。傑作には違いない。しかしその分何かから遠くなっているような気もする。

井草の部屋では、当時最もよく売れていた、とは言え、学生にはなかなか飲めないウイスキーのサントリーオールドがどんと出され（そう言えば、つまみらしいつまみは何もなかったが）、開高さんの話してくれる、というよりもてなしてくれる話は、きっかけがアラスカのキングサーモンの写真であったから、しばらくは釣りの話題が続いた。そしてロシアの小話で大笑いさせた後、突然、「こんな話でええの？」と訊かれ、やがてヴェトナムの話になる。田圃（たんぼ）の傍の道路に転がっている死体とその死臭の話。

「あまーいような、みだらなような匂いですけどね、それが、この平和な東京に帰って来るとたちまち薄れていく。それを何とか薄れさせんように、と思いながら小説書いてるんですがね。……東南アジアをまわって帰って来た日本はええ国やでー。極左から極右まで、言論はとにかく許されてるし、デモもできるしねえ。効果があるかないかは別として」と話が続いた。

開高健の本質は、飢えと自意識

開高健の本質は、飢えと自意識である——開高健、いや開高さんという人が亡くなってしまった今、綺麗に整理されて全集にまとめられている、懐かしい文章の数々を読み返していてそう思う。小説でもエッセイでも、残された作品のテーマは、初期の作品を除けば、自伝的な記憶と、そこから逃げ出そうとする人間の旅の話ばかりである。もちろん、その中に、食と女と戦争と釣りのことが、それこそ過剰なばかりの形容句によって、絢爛豪華に盛り込まれていて、一見、いかにも華やかなのであるけれど、その行き止まりの所に、癒やしがたい虚無感の持ち主、フウマ先生が棲んでいて、いつもそこで話が終わりになる。あの『新しい天体』（一九七四年）の主人公、国家予算をふんだんに遣って、全国の飲食店を調査し、食って食って食いまくるという、ふざけた使命を帯びた人物が、生まれ育った大阪の変貌ぶりに衝撃を受けてこう漏らす。

五つの顔を知っていると彼はこころのなかでかぞえる。子供のときの大阪、戦時中そして空襲を浴びた大阪、戦後の焼け跡の大阪、復興期の大阪、そして〝高度成長〟政策後の現在の大阪である。（…中略…）神戸のタコ焼き屋でちらと耳にはさんだフウマ先生という人物は全日本にさびしさがひろがっていると指摘したそうだが、それが鋭い名言であること、その深さ、その簡潔、先鋭、すべて胸にくる。しかし、彼としては、このさびしさはこれほどありありとしていながらまだ命名されてもいなければ位置もあたえられていないものだとつぶやきたかった。これほどあらわなのにこれほど匿名でもある感情を、しみこむような、ヒリヒリするようなその感触を、しばらく彼は知らなかった。

（『新しい天体』光文社文庫）

このフウマ先生は、『珠玉』（一九九〇年）では高田先生という名になって、そのさびしがり屋の全貌を露わにする人物である（フウマ先生とはその口癖の「マーマーフーフー」、つまり中国語の「馬馬虎虎」から来るのであろう。「馬馬虎虎」とは「ボチボチでんな」といったような意味である）。スキューバダイビングに出たまま連絡のない息子の消息を求めて、家業の医院を廃業し、船医となって世界を経回（へめぐ）っている先生はある夜、『珠玉』の主人公を自分のアパートに誘い、革袋の中からざらざらとアクアマリンを取り出して見せる。そうして激情をおさえおさえ、肩をふるわせて「さびしいですが、私は、さびしいですが」と言ってすすり泣くのである。

それはともかく、開高健の場合は、その描写力のゆえに、同じ話が、名人の落語同様、何度でも読める。そこが並みの作家と違うところなのである。

逆に言えば、同じテーマを、よくもこれだけ多様に変奏することが出来るものだと感嘆せざるを得ないほどで、いかに語彙が豊富、表現力が豊かな作家であったとは言え、書くことはずいぶん苦しかったと思われる。

開高さんの場合は、数学の問題とか詰将棋に取り組むように、例えば、戦争、酒、女、釣りを描写し、作品にしようとする。さまざまなものに鋭い好奇心を抱くのだが、それがもともと、飢えに起因するものであるから、そのものを愛するのではなく、とことん味わい、描写しつくすと興味を失うという悪癖というか、因果な性質がある。それゆえのさびしさから逃れられないのである。

人間は幼時、虫や自動車、機関車に興味を持ち、やがて大きくなり、さらに老境に至ると、だんだんと枯れたというか、水分の少ない、枯淡の境地にふさわしいものを愛する。菊や朝顔、そして最後にはとうとう無生物の石にたどりつく、というのが私の持論であるが、開高さんの場合は、最後に『珠玉』を書くことになったということのようである。

異端者の視線――ファーブル――

熱帯の森――と言ってもリゾートホテルの庭の二次林だが――に建てられたツリーハウスのベランダで、私は椅子に寝そべり、首に枕をあてがってぼんやり空を眺めていた。

山の斜面を切り開いて造られた窓の大きい快適な小屋で、この斜面をずーっと降りて行くと底が谷川になり、少し濁った水が激しい勢いで流れている。これが麓の水田を潤すことになるのだ。それからまた向こう側の斜面を登ると、ここと同じくらいの高さの尾根に高木が並んで生えているのが見える。

このツリーハウスのまわりの木も、園芸植物として日本の温室などでよく見られる、見栄えのいいものを選んで残してあるように思える。あるいはわざわざ植えたのか。それらは背の高いヤシや巨大な葉を持つクワズイモの仲間であって、とんと、アンリ・ルソーの絵のような風

＊ジャン＝アンリ・ファーブル（一八二三―一九一五）――フランスの博物学者。教師の傍ら昆虫の観察と研究に励み、のち大著『昆虫記』全十巻などを著した。

景である。手入れがよく行き届いていて、明るく、風通しも良いから、こうして寝そべっているると空がよく見える。

ツバメが曲線を描いて飛び交っているところを見ると、この森の上を動いている気流には小さな虫が浮遊しているのだろう。

そのもっとずっと上空には、猛禽が一羽、さっきから螺旋を描いている。鷲か鷹か。鳥どもは無意味に遊んでいるわけではあるまい。餌を探しているのにちがいない、とすれば素晴らしい視力を持っているのだろうが、それにしても、あんな高所から地上の小動物が見えるとは信じられない気がする。

日本のキジバトによく似た山鳩の仲間が、グルーグルーと咽を鳴らす。羽搏くと、尾羽に白い縁取りが見える。

聞こえるのは、セミの声、カエルの声であろう。夜になるとこのメンバーが変わり、アオマツムシのような樹上性のコオロギが鈴を束にして振るように大声で鳴くのだが、昼間は静かなものである。

ヤシの仲間の幹をキノボリトカゲがツ、ツーと走って、上体を起こしたまま止まった。だるまさんがころんだ、の遊びです、という顔をしている。

一匹の甲虫がブーンと飛んで来て、木の葉に止まった。虫の重みで葉が沈む。何の虫だろう。

こちらからは葉の裏側しか見えないから、よく分からない。しかし、縦長の甲虫が鞘翅を十字形に開いた一瞬のシルエットは、タマムシか、コメツキムシの仲間のように見えたが。

この連中は、いったいどんな生活をしているのだろうと考えざるを得ない。この自分が、森の中で道に迷ったとして、ホテルに戻ろうと思えば散々歩き回って大変な思いをするだろう。都会の、高層ビルの一室に隠れている相手がいたとしよう。一部屋一部屋探し求めて、その相手を見つけだすことは、人間にとっては至難の業である。

虫にとって一本の高木は、人間にとっての高層ビル以上の巨大で複雑な構造物であろう。葉が何枚あるのかさえ分からないが、その葉が虫にとっては、ビルの一部屋みたいな物である。

しかしこの虫の場合、たとえば雄が雌に出会おうとすれば、雌の発するフェロモンを感知すればよいわけで、しかもその雌のいる所まではブーンと飛んで行くことができる。話は早いのである。

人間にも、最近ではケータイがある、というかもしれない。確かに、人間は、つい最近になって、電波とアンテナを備えた機器によって、フェロモンと触角を身に備えた昆虫に追いついたのである。ちなみにアンテナの語源は昆虫の触角に由来するようである。

ケータイ、スマホその他の物で何もかも便利になった。しかし、その一方で、人間の能力は衰える一方である。地図が描けなくなり、自分で探す能力が衰えた。本能が壊れたという人もいる。

汽車や自動車が発明されて、人間の脚は弱った。これではいけないとジョギングのようなことをしても失われたものはもう戻らない。筆で文字が書けなくなったと気がついて、急に手習いをしても、毛筆で手紙を書いていた時代の人のような字はもう書けない。もし、手で書くことと考えること、手と脳の働きとがつながっているのであれば、書物を書き写していた時代の人より我々は劣っているということになるだろう。もっとも私が思い浮かべるのは福沢諭吉や南方熊楠というような例外的な人のことなのであるが。

計算機が出来て暗算が出来なくなった。計算機を打つのと暗算、筆算をするのとは違うのである。数字を大掴みに掴んでいなくても計算機は打てる。そして平気で位取りを間違える。

多分、紙に文章を書くのと、パソコンで打つのともやはり違うのであろう。パソコンがあれば、考えなくても何となくそれらしい文章は打てる。手書きの原稿とパソコンで打った原稿の間には、ノミがすべったらそれでおしまい、の一木造りの仏像と、いくらでも修正の利く練り物のそれのような違いがありそうである。写真だって、フィルム写真と、失敗すればいくらでも消してまた写せるデジカメの写真とでは心構えが違う。最近あまりいい肖像写真を見ないようにに思うのはそのせいではないか。

文明というものには、口の奥に向かって歯の生えている怪獣のようなところがあって、それに一度呑み込まれかけたらもう、もとには戻れないかのようである。

話をもっと、もとに戻せば、人間は、体毛を失い、ちょっとした藪の中を通ろうとしても傷だらけになるし、嗅覚は衰えて敵の臭いも仲間の臭いも、少し離れただけで嗅ぎ付けることができなくなっている。

豚やお座敷犬の顔が短くなり、幼形成熟を来したのと同様に、現代人は顎の小さいラッキョウ顔になってしまった。すなわち自己家畜化丸出しなのである。人間の家畜化の程度は、豚、犬の場合より甚だしくて、自然の中に放り出されたら、たちまちにして死んでしまう。おまけに、性に季節が無くなって、常に薄く発情しているのは、栄養状態が良いというか、過剰だからであろう。剰った脂肪が無様に内臓と腹について困るのである。

さて、ヨーロッパ最大の蛾、オオクジャクヤママユの生態をつぶさに研究して、フェロモンの存在を予言したのはファーブルである。このフェロモンや翅が生まれつき身に備わっていて、それを適宜使いこなして生きている昆虫が、人間のように、判断し、物を考えているかと言うと、そうではない。

昆虫は実に巧みな行動の連続によって我々を驚かすけれど、条件を変えて実験をしてみると、連中がとんでもない愚かなことをすることにもまたファーブルは驚いた。

虫の小さな脳には本能のプログラムが組み込まれているのだ。彼らは判断するのではなく反応する。様々な条件のもとで次々に反応して行って見事な成果をあげてみせるのである。

ファーブルは、実際にその目で見たことだけを記録し、考察するという態度で、昆虫の行動の世界を解明しようとした。彼は生きた昆虫の行動を観察するということに開眼したわけだが、じつを言うと、それは彼のまわりではいわば異端者の視線を持つことだったのである。

それまでフランスには、というか西欧世界には、虫のようなものをつぶさに見るという習慣がなかった。大雑把な言い方をすれば、美術作品を見ても、詩歌を見ても、虫をモチーフとした作品は、十九世紀の博物画隆盛の頃まで出現していない。いわゆる静物画(ナチュール・モルト) nature morte にも、虫はほとんど登場しない。そもそも虫そのものを詳しく見て描写するというような習慣がなかったからである。

彼らは、いわば広角レンズの眼を持っているのである。視野の中に虫は辛うじて入ってはいるのだが、ほとんど関心を惹かないものなのであった。ミツバチやテントウムシ、マルハナバチ以外の昆虫は眼に入らないかのような扱いであるか、でなければ、邪悪な、悪魔の造ったものということになる。クワガタムシやトンボがそれである。そして、朝から晩までこんな虫ばかりに見入っている人間は、時代が時代なら、異端者として火あぶりにでもされかねない。南仏は、カタリ派の本場である。実際にファーブルの時代にも、彼がヌリハナバチの帰巣本能についで実験しようと、ハチを小さな箱に入れ、紐をつけて振り回したりしていると、近所の農民の間で、あの人は妙な呪いをしているという噂が立ったそうである。まあ、場所が教会のそばだったりしたこともあるが、中世の魔女裁判でも、迫害のきっかけはひそひそとささやかれるこうした噂だったのである。

日本にも、虫をモチーフに文章を書いている作家、詩人は数多くいるし、その中にはファーブルの口調がかすかに認められることがある。牧野信一、横瀬夜雨、三好達治、そしてもちろん北杜夫。

では、『昆虫記』が何故こんな風に日本で受け入れられたか、と言えば、それは日本人が子供の時から虫と遊び、大人になっても虫は「花鳥風月」とも表現される、その芸術生活の重要な要素のひとつだったからである。そして昆虫採集は、金の掛からぬ、科学への第一歩として、学校教育の場で奨励された。小、中学校の前の小さな文房具屋でも、「昆虫採集キット」と称するものが売られていたことを憶えている人は多いであろう。「あの青や赤の注射液の中身は何だったんですか」と今でも訊かれることがある。

高度経済成長という名の猛烈な自然破壊以前の日本では、虫は子供の遊び相手であった。男の子でギンヤンマ採りに夢中にならぬ者はいなかったし、カブト、クワガタを捕まえ、闘わせることに熱中しない者もいなかったと言ってよかった。後者は、今も養殖物が市場に出回り、ホームセンターなどというところで売られている。これをカブトムシ産業とも言う。ほんの数十年前、石油文化が浸透する以前は、きちんと維持管理されている里山の薪炭林に、こんな見事な甲虫がいたし、農薬の撒かれていない水田を領土としているのはギンヤンマであった。

くどいようだが、フランスやアメリカではそうではないのだ。トンボは刺すかもしれない、いやらしい虫であるし、クワガタムシはおそろしい bug なのである。

逆に言えば日本人は、子供時代には虫を始めとする小動物と遊び、長じては花見などを口実に、野山に出ては酒を飲み、歌を唄い、舞を舞い、詩歌を詠み、書き、かつ描くという自然の楽しみ方をして来たのである。その延長上に日本の芸術があったというわけである。

だから日本人は、子供は虫と遊ぶものだ、と思っているし、『昆虫記』をフランスの子供も読んでいるのだろうと、なんとなく思っているけれど、フランスに「子供版ファーブル」というものは存在しない。あるのはせいぜい『昆虫記』の抜粋で、文章はあの難しい十九世紀のファーブルの文体そのままなのである。

ふつうのフランス人に、虫を見つめるという習慣はない。日本人のように、虫を見る、虫と遊ぶという風習は持たない。カブトムシ産業というようなものは、フランス人にも、またアメリカ人などにも理解し難いものであるようだ。

Ⅱ　鶏肋集

絵画と書

ナチュール・モルト

十年ほど前から上野に住むようになって、家から美術館が近いので、展覧会などにふらりと出かける機会が多い。

そうして、日本や西洋の古い絵や新しい絵を観に行って考えるのは、初めて西洋の絵を観た日本人は、いったいどんなことを感じたのだろう、ということである。専門の学者がなんと言っているかは知らない。

たとえば江戸末期の普通の日本人の場合、絵と言えば床の間に掛かっている掛け軸か浮世絵、あるいは神社の絵馬、それに読み本の挿絵ぐらいのものしか観ていなかったと思われるが、そういう人が、いきなり異人さんの絵を観せられたら、いったいどんな感じを持ったことであろう、と想像するわけである。

京都の祇園祭の山鉾のひとつに、フランスのゴブラン織りのタピスリー等があるのを見ると、こういうものが何やら豪華な立派なものらしいということは誰にも分かったのであろう。ある人たちはその描写力、色彩に驚き、感心した。「紅毛人とか南蛮人とかいう人たちは、これほどまでに精密な生き生きとした絵を描くのか。いったい、どうやって描くのだろう」などと考えたのではないか。

延享四（一七四七）年生まれで、自身、のちに銅版画なども試みた司馬江漢は、その著「西洋画談」（一七九九年）の中で、西洋の絵画に対するその傾倒ぶりをこんな風に表明している。

西画の法に至りては、濃淡を以て陰陽凸凹（ママ）遠近深浅をなす者にて、其の真情を模せり。
（「西洋画談」『日本画談大観』目白書院）

主にオランダから長崎に船載された医学書や事典類の挿絵にあるような、木口（こぐち）木版やエッチングの技法に習熟した西洋の画家は、たしかに、リアリズムという点では、東洋にそれまでなかった精緻な絵を描いている。江漢はそれに非常に感心した。そこまではいいのだが、その同じ筆で、彼は和漢の絵をそれこそ、ぼろくそに言うのである。

豈（あに）和漢の画の如く、酒辺（しゅへん）の一興（いっきょう）、翫弄戯技（がんろうぎぎ）をなすの比ならんや。
（同前）

たしかに、水墨画は解剖図のような細かい描写力ではとても西洋の絵画にかなわない。というより、そんなものを目指してはいないのだが、それにしても「酒辺の一興、翫弄戯技」とはあんまりではないか。もっとも、今ではこの言葉について、若干の、いわば状況説明が必要であろう。

昭和の戦前、酒席で我々の先祖はよく絵や字を書いたようである。テレビもない時代の人たちは概して多芸で、酔うと歌を歌う、楽器を演奏する、舞を舞う、だけではなく、書や絵をものしたように思われる。

偉い人には、「記念に一筆お願いできませんか」などとねだる。でなければ日本中に、あんなに勝海舟や山岡鉄舟、西郷隆盛以下軍人、文人、政治家、実業家の書が本物偽物取り混ぜて残っているはずがない。

みんな着物を着て畳の上に座って酒を飲んでいたことを忘れてはならない。「オーイ」と人を呼んで命じれば、すぐ紙を延べ墨を磨(す)る。そこで「先生、一筆」となるわけである。筆は日常の筆記用具である。それに、お座敷には床の間があって、書ないしは絵がそこに掛かっていた。

誰も皆、子供のときから書はさんざん習わされてきたから、自信のある人は酒に酔えば書きたくなる。偉くない人でも――あるいは偉くない人ほど――書いてくれと言われれば「いやあ、小生は悪筆で……」とか言いながら内心まんざらでもなかった。書を乞うことがご機嫌取りになるのである。その名残が現今のラーメン屋などで見かける、芸能人のサインペン書きの色紙で、上から被せた、油と埃に汚れたビニールがちょうどよく似合っているわけである。

昭和初年に人気のあった佐々木邦のユーモア小説には、サラリーマンの宴会のおりに、酔って芸者の真新しい羽織に書や絵を描く癖のある重役の話が出てくる。「たもとから落款まで出てくるから悪質だ」というような話で、読者は、身近な実例を想い出して笑ったのである。新しい羽織の代金は、もちろんその重役氏が払う。

プロの画家や書家が酒席にいれば、もちろん、頼まれることになる。河鍋暁斎のような画家は、酒席などで、酔客の注文に応じてなんでも描いてしまう。七福神でも、竜虎でも大黒様でも骸骨でもなんでもござれである。いわゆる席画にはアルコールの入っている作が多いと言ってよいであろう。

画家はそんな風に器用でなければならなかった。だから絵描きを目指すものは、日頃から鳥とか花とかテーマを決めて練習している。頼まれるままにそういうものをさらさらっと、職人技で一気に描き上げて感心させるのである。これが、司馬江漢が軽蔑を込めて言う「酒辺の一興、翫弄戯技」である（しかし暁斎には逆に彼の技量に感心するコンドルのような西洋人の弟子がいた）。

いっぽう、文政十一（一八二八）年生まれの高橋由一は、イギリス人ワーグマンの絵を観て驚き、押し掛け弟子になって修行したあげく、特異な、迫力のある油絵を描いている。

しかし、実を言うとその西洋人も、古い時代にはなかなか精密には自然の描写ができなかったのである。特に虫のような小さいものに関しては、そもそも細かくよく見ていなかった。古代ローマのプリニウスは大著『博物誌』に荒唐無稽なことも含めて自然物のことを記しているが、それはまたいかに彼らの眼が自然物に関しておおざっぱなものであったかを示してもいる。

これは古代ローマに限ったことではなく、中世に至っても、彼らの虫を見る眼は実にいい加減なのである。虫などという物は、ミツバチやてんとう虫のように、ごく少数の役に立つもの以外は、悪魔が作ったと信じられていて、西洋で昆虫をモチーフとする絵は十九世紀の博物画の時代までは珍しいものと言ってよい。たまにあっても決して正確なものではない。西洋で絵画に登場する生き物はせいぜい猫、鼠どまり、それより小さいものはほとんど描かれていないようである。

たとえば、一六二二年に出たジャン・ボヌイユの『製絹技法論』という本に出ている木版の図のカイコの顔は、角を生やした悪魔の顔に描かれているし、一六六三年のヤン・フダルトの『昆虫の変態と博物誌』ではスズメガやアカタテハの蛹が人間の顔を持っている。当時の西洋人たちにはどうしても、虫がそんな風にしか見えなかったらしい。

いや、虫について、フランス人は今でもほとんど無関心なのであって、十九世紀の時点でファーブルは、『昆虫記』第十巻第十章で、あきらめたようにこう書いている。

われわれはミツバチやカイコの働きぶりについて、何となく知っている。アリの営みについて話されるのを聞いたことがある。セミが鳴くことも知っているけれど、それがいったいどういう虫であるのかはっきりとは知らず、キリギリスやバッタのようなほかの虫と混同している。人々はおそらく、奇麗だなあと思いながらぼんやりとチョウをながめたこともあるであろう。

（拙訳『完訳　ファーブル昆虫記』第十巻上、集英社）

現代のフランス人でもアメリカ人でも、昆虫を見る目はファーブルの時代と大して変わらない。フランス人にとって、虫を表す一番便利な言葉は「小バエ」、「羽虫」の類いを表すムーシュ（mouche）やムスティック（moustique）だし、アメリカ人にとってのそれは、もともと「カメムシ」、「南京虫」からきたバッグ（bug）である。

それに対し、虫に関しては我々日本人のほうがよりつぶさに見ていた。古墳時代の銅鐸に、すでにトンボやカマキリの線描が見られる。両者とも害虫を食う肉食昆虫で、農業を助ける人間の味方である。こういう物を選んで描いているところを見ると、ちゃんとその習性が分かっていたのである。

　もっと時代が進んでも、酒井抱一の「花鳥図」のような絵には大抵、キリギリス、ツユムシの類いが書き添えられている。現代の上村松園（しょうえん）「虫の音図」などになると、美人が虫の音を聞こうと耳を傾けているけれど、虫そのものは描かれていなかったりする。すなわち虫抜きの虫の図であって、普通の西洋人には何のことか分からない謎の絵かもしれない。叢に虫はつきものだから気配だけで十分なのである。

　先に名の出た高橋由一は、西洋画を根本から勉強せねば、と一念発起したのであろう、西洋のナチュール・モルトを試みるあまりに、カツオのナマリ節を描いてみたり、果ては「豆腐と油揚」のナチュール・モルトなどという珍品まで発明したりしている。これをフランス十八世紀のジャン＝バチスト・シャルダンなどの作と較べてみるときわめて興味深いものがある。

　本来西洋人は狩りの獲物などをナチュール・モルトと言っていた。花や果物なら切り花、そして木から捥（も）いだもの、収穫したものである。それを格好よく盛り上げてある。しかし所詮はテーブルの上に雉子や猪や鹿などが死んで横たわっているところを描いた図である。そんなnature morteを「静物」と訳したのはいったい誰か。このフランス語を直訳すれば「死んだ自然」となるが、正確には野生の鳥や獣のような自然物を「鉄砲で撃ち殺し、むりやり静かにさせたもの」なのである。「静物」という言葉の初出を調べてみても私には分からなかったが、この訳語から素直に考えれば、おそらく英語の still life あるいはもっと古くオランダ語の stilleven からきているのであろう。

先ほど私は、ある時期まで、西洋の絵画に猫、鼠より小さい生き物は描かれない、虫に至っては悪魔の顔をしていると言ったけれど、フランドルの暗い室内にひっそり置かれた花籠や果物籠の周りには、虫が描き加えられていることが多い。これらもそのほとんどは死んだ虫なのだが、いずれもきわめて正確に描かれている。アタランタアカタテハ、コヒオドシ、マキバジャノメ、アオヤブキリ、ヨツボシトンボ、マルハナバチまたはハナアブ……と、昆虫学的に言うと〝同定、つまり種名を特定〟できるほど正確に、北ヨーロッパに普通に見られる昆虫が登場している。おそらく画家が、魚取りの網か何かを使って、近郷の田園で捕まえて来たものであろう。

しかし、彼らが何故こんな虫けらをわざわざ描いたかと言えば、それは、パトロンに対し、こんなに細かい物まで描けるという、自分の力量を示すためであったと思われる。たとえば、一六一二年のジャック・デ・ヘイン二世の「花束」にはオナガコモンタイマイまでが登場しているが、これはアフリカ中部産の蝶であって、当時のオランダ人が世界中から珍奇な物を持ち帰っていたことが伺われるのである。

一方で、日本画に死んだ獣などが描かれることは稀だったようである。その代わり、虫と魚はよく描かれている。丸山応挙の「昆虫写生帖」の実物を、東京国立博物館で観たことがあるけれど、流石に技術は卓越したもので、同時に展示されていた伊勢長島の城主で、巣鴨にお屋敷のあった増山雪斎の「蟲豸帖」（十九世紀）が、いくら上手で正確といっても、やはり「殿様芸」に見える。線が違うと思った。

ところで、司馬江漢は和漢の水墨画などについてひどいことを言ったけれど、日本にも優れた写生画家はいたのであって、高松藩主松平頼恭の命によって成った魚類図鑑とも言うべき「衆鱗図」（一七六二年以降）などを見ると、日本の画家による、魚の精密な描写力は、世界一流の水準にあったことが分かる。

すなわち、日本の画家が最も得意としたナチュール・モルトは魚のそれである。高橋由一の場合は、それがナマリ節のナチュール・モルトや、豆腐に油揚のナチュール・モルトになり、そしてその延長上に永遠の傑作「鮭」（一八七七年頃）が生まれたのである。

後の日本画家にとっても魚は得意の題材であって、鯉や鯛の注文は多かったようだが、その中で傑作と言えば竹内栖鳳の「鯖」（一九二五年）にとどめを刺す。

ついでに言えば、日本には虫の名作、傑作もある。そのひとつはあの、狂気を含んだ速水御舟の「炎舞」（一九二五年）であろう。そして私の個人的な好みを言わせてもらえば、それと並んで、彼の盟友、小茂田青樹の「虫魚画巻」（一九三一年）の内の〈灯による虫〉がある。これはまさに、農薬普及以前の、日本の夏の夜の昆虫天国の図、と言ってよいのである。
そしてこれ以後、日本画家の虫の絵はどんどん下手になる。

実感的書論

学校で習う、いわゆるお習字は嫌いだった。大人になっても、結婚式や葬式の受付などで経験することだが、筆で字を書こうとすると、ちょっと力を入れただけで、くにゃと、そこだけ思いきり太くなる。筆というものは扱い難いものである。新しい筆を下ろすとき、糊を上まで全部洗い流してほぐしてしまうなんてとんでもないと思った。止めとか払いとか先生は言うけれど、永字八法なんて、そんなに上手く行くものではない。鉛筆やペンなど、硬筆で字を書き始めた子供にとって、筆は難物であった。その後もずっと筆はニガ手で、硬筆のペン習字ならまだなんとかなる気がするけれど、力の入れ方次第で全方位に太くまた細くなる毛筆は難しい。その時の体調も、気分も表れてしまうようにも思われる。

紙の中に上手く収まるように書け、とか、名前を書く余白を残しておけとか、墨を垂らすな、こら、手を汚すんじゃないとか、子供には難しいことばかり。第一、その墨が固くてよく磨れない。焼物の瓦のような材料でできている硯の鋒鋩（ほうぼう）がすり減ってつるつるになっているのである。これでは墨の下りるわけがない。

五年生の時だった。教室を回って来た先生が、背後から筆を持っている私の手を取って指導している時、隣りの席の寺田と言う、痩せた色の浅黒い美人の女の子が、思い切り力を入れてやけくそのように墨を磨る。机ががたがた揺れる。先生が言った。「寺田ぁ、先生いまぁ、字ぃ書いてんやけどなぁ」濃い墨汁を得ることは大変だったのだ。

それでも私は子供の時から、書かれた文字に関心はあった。特に小学五年生と六年生の時の担任の、髪をポマードでオールバックに撫でつけたロイド眼鏡の岡根先生の字に大きな影響を受けた気がする。私だけではない、生徒みんなが、岡根先生の黒板に書く字、そしてガリ版を切る時の四角い字を真似していたようである。

それと、小学校の前の文房具屋のおばさんの書いた算用数字の「5」が妙に気になった。何遍書いてみても、ああ手慣れた、「5」は書けないと思った。

小学六年生の時、大阪厚生年金病院（現大阪病院）で股関節カリエスの手術を受けるために入院した時、隣の病室に入院していた戸川一郎という南海ホークスのピッチャーにサインしてもらった。今それを取り出して見ると、銀行でもらった小さい帳面に墨書であって、その「郎」の字が行書か草書か、最後がカラスアゲハの尾状突起のようにさらりと横に流すように書かれていて印象に残った。それで真似をして自分の名前を書いた時期がある。父が書く、崩したいたことになる。

「奥」の字の真似もしたから、年賀状などに、小学生にしてはずいぶん変な名前の書き方をしていたことになる。

筆で字を書くことが面白くなったのは、高校生ぐらいの時である。錯覚かもしれないが、一瞬、空中に筆が生きて立っている感じのすることがあった。そして紙と筆の先がこすれる感触を上手くコントロールすることができるようになった気もした。

私の通った高校では、ちょうど漢文の先生が定年で辞めた後だということで、漢文の時間にお習字をした。お手本は欧陽詢(おうようじゅん)の「九成宮醴泉銘(きゅうせいきゅうれいせんめい)」。高校三年の一年間、一生懸命その臨書に励んだのだが、その文章の意味について、指導の先生は何も講義してくれなかったし、私達の書いた字を直してくれる先生の字そのものは、法帖とは形も雰囲気もまるで違う日本人の字で、何故、お手本通り書かないのだろう、と不思議でならなかった。日本人の漢字について、長年の疑問が解消したのは、石川九楊先生の本を読んでからである。

大学以降は、書に興味を持っていると言っても全くの自己流で、王羲之の法帖などを買って来て臨書しても、どんな筆で、どのくらいの大きさに書けばいいのだろう、小筆か大筆か、筆はどう持てばいいのかなど、分からないことだらけであった。独学というのは情けないものである。

十数年の昔、「芸術新潮」という雑誌で、「石川九楊に『一』から学ぶ」という連載が始まって、二年間続いた。だから私は二年間、石川先生のお弟子であった。その間、書に命がけの人を傍で見たわけだが、書が好きな割には、私にはもうひとつ真剣味が足りなかったように、いま自分で思う。惜しいことをした。新潮社の編集者三人が同級生で、授業の後は、先生を交えて楽しくお酒を飲んだ。卒業旅行に中国にまで行って、欧陽詢の、拓本を採られて長い間に摩滅してつるつるになった碑にこの手で触り、褚遂良（ちょすいりょう）の「雁塔聖教序（がんとうしょうぎょうじょ）」が納められている唐代の四角形の塔、すなわち大雁塔を見ることまでできたが、何故かその連載は単行本にならなかった。未だに残念である。

　連載が続いている間、月に一回お稽古があるから、石川先生に、なんでも質問することが出来た。まるで子供電話相談室のような訊き方であったように思う。

「筆墨硯紙の中で、何がいちばん効果、というか作品の出来映えに影響が大きいんですか」

「そら、紙や」と言う調子。

　石川さんは、道具に凝るのを戒めるようなことをしばしば言われたが、私はまさに玩物喪志の徒で、そのずっと前から硯を集めることが楽しくてならなかった。端渓硯や歙州硯（きゅうじゅうけん）を求めて骨董屋巡りをする、古硯専門店のカタログを眺める。そして金もないのに高い硯を買ってくる。ずいぶんツケの溜まった時期があった。それでも、いい硯にいい墨を当てると、いわゆる熱釜（ねっぷ）塗蝋（とろう）の感触があって、墨がするすると溶けていくようである。いい紙に墨が沁み込んでいい色もっとも、そんな感覚を楽しんでいてもいい字はちっとも書けない。

そもそも自分は、まともな教育を受けていないのだ、という思いが昔からあった。昔の人のように、頭の柔らかい、記憶力のいい子供時代に古典を叩き込まれていない、と残念に思っていた。自分の不出来を時代のせいにして来た、と言われればその通りだが、無教養を恥じるしかない。今の人はその、恥じる気持ちもないようである。

小学校の国語の時間に詩を習ったけれど、教科書に載っているのはいわゆる自由詩ばかり。そのうえ、思った通りに詩を書け、というような宿題が出る。教育委員会などの賞をもらう模範的な子供の作品というのを見ると、なんだかあほらしいようなものばかりであった。その評に、「いかにも子供らしい素直な感情が表現されています」などと書いてある。

「思った通りに書け」と言われても、初めてスケート場に行って、いきなりつないでいた手を離されたようなものである。それでも賢い子供は、先生の表情を伺いながら、「いかにも子供らしい素直な」詩を書いたりするのだが、心の中で舌を出したりしていたのではないだろうか。

子供が「一瓢を腰に、墨堤に杖を曳く」というような作文は書かなくてもいいけれど、規矩の正しい、きちんとした文章を書くことを心がけるようでなければならない。いつもいつも笑ってごまかし、仕舞いには大人まで絵文字を使うようになった今につながる風潮である。

話が飛ぶようだが、結局のところ、戦後日本人が失ったものは「型」であろうと思う。あの戦争にもし勝っていたら――そんなことはどう考えてもあり得ないけれど――軍人を始め時局便乗型の人間がどんなに威張ったか、想像するだけでもぞっとするが、それにしても戦に負けることは悲惨である。貧すりゃ鈍すると言うけれど、食べていくことだけで精一杯の人間に「型」もへったくれもない。敗戦後、それまでの権威が崩壊し、儀式なども簡略化した。表彰状はこころもち小さくなり、その文句は、です、ます調の偽善的な猫なで声のものが多くなり、そもそも表彰なんかして生徒に差をつけることに反対などと言われたりした。

その一方で、新しい権威が海の向こうから来て居座った。それで石川先生が『中国書史』に書いている中国の元代の書のような、主語がいつでも取り外しの出来る文化が日本に根付いたのかもしれない。

何事にも個性が大切、と言うのだが、書の場合も詩と同じで、子供が約束事を身につけることなく初めから個性を発揮していたのでは字にならない。先生の書いてくれたお手本を真似し、それからだんだんと昔の書を学ぶ。その書は王羲之や顔真卿（がんしんけい）、褚遂良といった天才たちが、永い間かかって磨き上げ、創り上げて来たものである。それを学ぶのが臨書であって、個性を発揮するのはその後のこと、型も習得せずに初めから個性云々は無茶というものである。

自己流で字をいい加減にごまかして書いている子供に、受験勉強のプレッシャーが加わる。限られた時間内に、出来るだけ早く答案を書かねばならない。字のキレイ、キタナイは問わない、となると、とにかく読めればよい、ということになり、しまいには字を書くことは一種の必要悪のように思い、出来れば書かずに済ませたい、と思うようになった。そこにワープロ、パソコンの類いが出現したのであるから、みんながそれに飛びついた。

最近サブカルチャーをもてはやすことが多い。サブカルチャーと言えば聞こえはいいようであるが、その信奉者には教養、つまりカルチャーに対する恨み（ルサンチモン）があった。クラシックなもの、つまり階級（クラス）に対する恨みがあったのだ。そして今はもう、その恨みも忘れた世代になった。

敗戦によって一度、階級社会もその文化もご破算になったのである。フランス革命のような、本来なら流血の惨事を伴う革命と同じ結果が、敗戦によってもたらされた。一トン爆弾や焼夷弾と一緒にアメリカ式民主主義が天から降って来たのである。農地解放が実現し、水呑み百姓、小作人と蔑まれて来た人たちの子弟が高等教育を受けられるようになった。それ自体は素晴らしいことで、それがまた日本の、主として経済的な活力を高めることになったのである。ただし、社会の平等化とともに、教養も大衆化し、そのまま水で薄められ、押し流されずにはいなかった。

手で書いた文字にそれが一番よく表れている。たとえば日本社会の成功者が死ぬ前に新聞に連載する自伝の「私の履歴書」というタイトル文字は自筆のようだが、その文字が年々ひどくなるようである。省庁の看板なども同じ。大学の教授会の資料などはもちろんパソコンで打ったものだが、たまに手書きのものがあると「これが大学を出た人の書く字か」と驚く。むしろ高学歴の人ほど、慌てたような粗笨な字を書く。

テレビ番組のタイトル文字なども妙な尾ひれが無意味に引き伸ばしてあったりして、歌で言えば語尾を「ああ、あー」と引っ張る感じで下品そのもの。それに対し視聴者から文句が来ないというのは、みんなああいう字をいいと思っているのであろう。わざと下手な字で安っぽいアホリズムを書いて大人気の書家もいるようである。ごくふつうに感じのいい字が少ない。NHKでも昔の「小さな旅」という番組の文字などはよかったように思うし、小津安二郎や黒澤明の映画のタイトル文字は安心して見ていられるものであったが、それが変わった。

テレビついでに言えば、時代劇などで、俳優が机に向かい、筆で字を書く真似をしているのを見ると、筆の持ち方が変、そして筆の運びがそれこそ、おっかなびっくりで、字を書いているのではなく、子どもが紙に墨を塗っているようである。それを見ると、いくら演技が上手でも何だか可笑しくてドラマを観る気がしなくなる。ピアノの弾けない俳優が弾いている振りをしているのと同じである。

たとえば、美術館に王羲之が来る、黄庭堅（こうていけん）が来る、米芾（べいふつ）が来るとする。書というものになじんだことのない人がそれを観に行って鑑賞する気になるか。自分でもある程度書けなければ、鑑賞は無理である。つまり、この美の世界からはじき出されることになる。それでも痛くも痒くもない、とみんな言うのであろう。

旅館などの紹介番組で床の間に字の掛け軸が掛かっている。「おっ、いい字のようだな。もっと見せてくれないかなあ」と思ってもカメラマンはそんなことに興味がないのか、字のほうに戻ってちゃんと写してくれることはもうない。座敷からの景色とか夕食の御馳走は詳しく舐めるように写しても、どうせ掛け軸の字は読まないのであろう。日本中が書の文盲になって来たのである。京都の宿屋の主人は「こういう字ぃは読むもんやおへん、拝むもんどす」と言ったが、もちろん拝みもしない。

大学紛争の時代、我が仏文学科も立て看板を出そうじゃないか、ということになった。皆で考えたのだが、生硬で難しげな言葉をいっぱい使ってある文面を私が清書することになった。ところがその文字を見て、仲間が「プチブル的な字だ」と言って咎めるのであった。「立て看に続け書きするやつがあるかよ。こんな奇麗な字書きやがって」「自然にこうなるんだよ。字を書くのは楽しいじゃないか」と言ったら、相手は「バーカ」と嘲った。こいつとは体質が違うなと思ったことであった。実際、こういう看板の字は、刷毛で書いたような、よく言えば中国でその頃流行っていた漢代の、石に彫った字を模倣したような書体でなければならなかったのだ。

読書

遅読術

新聞広告などで、もうあまり見かけなくなったように思うけれど、ひと頃速読術ということが流行ったようであった。

一時間で本が一冊読める。いや、それどころか、一時間もあれば数冊の本の、おおよその内容が頭に入る、などということをうたった本、それからそういう技術を身につけるための講習会の広告が、新聞の、それも高く取られそうな広告欄に出ていたものである。

たしかに、そんなことができれば便利だろう、と、義理で、あるいは仕事として、あまり興の乗らない本を読まねばならない時には、私も思うことがある。

しかし、本当に面白い本を見つけて読んでいる時は、美味い酒や料理を味わっている時のように、残りの減っていくのが惜しい気がする。そんなに早く読み終えてしまいたくないのである。

こちらの邪推かもしれないが、速読術、速読術と言いたてる人は、もともと本を読むことが嫌いで、読書なんか苦痛なのであろう。その証拠に「速食術」などという本の広告が新聞に出ることはないではないか。

そういう本に飛びつく人は、要するに、読書という手続きを省略して、中身だけを、それも必要事項だけを、それこそピンポイントで手に入れたい、と考えているのに違いない。もちろん、文体とか細かい表現なんかどうでもよい。新幹線に乗って旅をするのと同じである。早く結果を手にしたいのである。

私のような暇人は、本は自分のために、味わって読みたいと思っている。保守的な人間でもあるから、同じ古い本、昔読んだ本を何度でも繰り返し読むのが楽しい。幸か不幸か、物覚えもよくないので、枕頭の書を再読、三読して新鮮な発見をしたり、むかし自分がアンダーラインを引いたところに、感心したりする。それで自分に進歩がないことをべつに憂えたりしないのだから、始末が悪い。

最近私は、非常に面白い本を見つけて、楽しい読書の時間を過ごすことができた。本の題名は『命賣ります』、著者はもちろん、三島由紀夫である。それが書庫にあることは忘れてはいなかった。帯の背に「最新刊」と大書してある。初版なのだ。奥付を見ると、一九六八年。私は暇を持て余す大学院の学生で、三島と安部公房の新刊が出るとすぐに買うのだった。

もちろん、そうやって本屋によく行くのは、私とか、私の仲間だけではなかった。なにしろ、大学生が文芸誌を買い、時にはそれが増刷されるという時代である。一般に、本はよく売れた。春休みに、友人二人と山陰、山陽地方をあてもなく旅行してみたことがある。その時一人が東京駅の書店で、三島の新刊『音楽』を買い、車中、ずっと景色も見ずにそれを読んでいた。「早く見せろよ」と後の二人が催促した。

そのうちに全共闘の学生が、なんとなく当てつけのように、人前で分厚い漫画雑誌を読むようになり、長髪に漫画がだんだんよく似合ってきたなと思っているうちに、読む物は漫画ばかりになった。そして気がつくとみんなスマホ片手にうつむいて歩いている今の風景になったというわけである。

『命賣ります』の、書庫にあった初版の装幀は、派手なオレンジ色の地に精密なハリガネ細工のような線で描かれた猫で、「カバー絵 THE PRINT MINT」とある。それこそ、サイケデリックな絵である。

初めのほうをぱらぱらとひろい読みしてみると、懐かしい、というか、まぎれもない昭和の文章である。今はいろいろと差し障りもあるし、こんな文章は書けない。

それより、比喩などに、有り余る才気がキラキラ光っている感じがする。そうだ、昭和には、はっきりそれと分かる天才たちがそろっていたなあ、と思う。この三島、手塚治虫、長嶋茂雄、美空ひばり……各分野にそういう存在が目立った。

紀伊國屋ホールで三島の「サド侯爵夫人」の初演がある、というので行ってみたことがある。廊下で、石川淳を見た（あるいは目撃した）。小さいご老人という感じだった。いま考えると、そんなお歳でもなかったはずなのだが。芝居が始まるまで時間があるので、喫茶店に入ると、入り口近くの席に、三島と川端康成が座っているではないか！

二人のななめ後ろに席が空いていた。そこから二人の顔が見える。三島がテレビでよく聞いたガラガラ声で、

「褒めるところがないもんだから、あんなこと言って！」

と言ってガハハと笑うのが聞こえた。

ミーハーと言うなかれ、みんな、知らない振りをしているのだが、耳はダンボになっている。店内の空気がキーンと緊張しているようであった。

思わず三島の顔を見たら目が合った。その時の異様に光る目の印象が未だに消えない。川端も目の人だが、三島の目は漆黒のガラス玉のように異様に光っていた。

それから何年か経って、千駄木の私の家のそばに新しくできた鮨屋に何気なく入ってみたこ

とがある。主人は、萎びた、気難しそうな老職人で、なんでも、赤坂かどこかのホテルで永年鮨を握っていて、独立したのだということだった。なんのきっかけか、三島の話になった。するとそれまで普通に話していた親父が、急に興奮して、

「ありゃあ、気違いの目だ、俺たちのことなんか人間と思っちゃあいねえ」

と息巻いたのである。

鮨屋は間もなくつぶれた。そしてその前後に、けなげそうな、ちょっと粋な奥さんが、風呂敷に何かを包んで出かける姿を何度も見た。「質屋にでも行くのかな」と、その頃暇で、散歩ばかりしていた私は、その奥さんを見かけるたびに、余計なことを想像したものである。


『命賣ります』を読み返してみた。最初のあたりはよく覚えている。それは主人公の羽仁男（という、いかにもこしらえ物の名を持った）若い男が、「自殺しようかな」と思いつく場面である。——羽仁男という名が「こしらえ物だ」と、こだわって言う所以は、それをあえて英訳すれば、honey boy とでもなるだろうからだ。sugar にも honey にも甘ったるい、妙なニュアンスがあるようだ。

それはさておき、この男は、流行りの職業であるコピイライターで、才能も充分あり、それにふさわしい収入も得ている。女にも不自由してはいないようである。いわば、何の不足もな

い身分なのである。ただし、野心と言うような物は、無い。

その男が、ピクニックへでも行こうというように自殺をはかる。終電車の国電の中で大量の睡眠薬を呑んだのだった。どう考えても、無理な設定なのだが、三島は、ぬけぬけと「全然自殺の理由がなかったから自殺したとしか考えようがない」などと言ってのける（このあたり、手塚治虫が「太平洋Xポイント」で、背景の「シーン」という文字を指して、「あ、あれは何だ！」とヒゲオヤジらに言わせたりしたことを思い出す。要するに余裕綽々なのである）。

こうしたエンターテインメント作品になると、三島は、純文学という重力を離れて、思いのままに、のびのびと筆を進めているように見える。ベレー帽をかぶった不気味な三国人や、吸血鬼や、ＣＩＡ風の妙な秘密機関や、男を家庭の中に囲い込みたがる頑迷な若い女などを登場させて、楽しそうに小説を書いているように見える。

そもそも『命賣ります』という、この題名そのものが、三島好みのパラドックスで、命を売ってしまったのでは、それと引き換えに金をもらっても仕方がない道理である。使うための時間も自由も売ってしまっているからである。

三島にしてもその先輩格の太宰にしても、小説の題名の付け方がまことに上手で、『美徳のよろめき』とか『永すぎた春』とか『斜陽』とか、それぞれ、今で言うなら流行語大賞にでも選ばれそうなタイトルである。

その羽仁男が、自殺を思いつくくだり。

そうだ。考えてみれば、あれが自殺の原因だった。

実に無精な恰好で夕刊を読んでいたので、内側のページがズルズルとテーブルの下へ落ちてしまった。

あれを、何だか、怠惰な蛇が、自分の脱皮した皮がズリ落ちるのを眺めているように、眺めていた気がする。そのうちに彼はそれを拾い上げる気になった。打捨てておいてもよかったのだが、社会的慣習として、拾い上げるほうがよかったから、そうしたのか、いや、もっと重大な、地上の秩序を回復するという大決意でそうしたのか、よくはわからない。とにかく彼は、不安定な小さなテーブルの下へかがんで、手をのばした。

そのとき、とんでもないものを見てしまったのだ。

落ちた新聞の上で、ゴキブリがじっとしている。そして彼が手をのばすと同時に、そのつやつやしたマホガニー色の虫が、すごい勢いで逃げ出して、新聞の、活字の間に紛れ込んでしまったのだ。

彼はそれでもようよう新聞を拾い上げ、さっきから読んでいたページをテーブルに置いて、拾ったページへ目をとおした。すると読もうとする活字がみんなゴキブリになってしまう。読もうとすると、その活字が、いやにテラテラした赤黒い背中を見せて逃げてしまう。

『ああ、世の中はこんな仕組みになってるんだな』

それが突然わかった。わかったら、無性に死にたくなってしまったのである。

いや、それでは、説明のための説明に堕しすぎている。

そんなに割り切れていたわけではない。ただ、新聞の活字だってみんなゴキブリになってしまったのに生きていても仕方がない、と思ったら最後、その「死ぬ」という考えが頭にスッポリはまってしまった。丁度、雪の日に赤いポストが雪の綿帽子をかぶっている、あんな具合に、死がすっかりその瞬間から、彼に似合ってしまったのだ。

（『命賣ります』集英社）

ミステリーの結末を先に読んでしまったように、作者自身の、大掛かりで人騒がせな自殺の大芝居を観ている我々としては、今この小説を読んでいると、それこそ「ああ、こんな仕組みになっていたのか」と腑に落ちると言うか、なんだかストンと分かるような気がする。

要するに、彼は何がなんでも死にたかった。この、ゴキブリの行列のように、薄汚れた、軽蔑すべき社会、あるいは人生という虚無と決別したかったのだ。

暢気な他人の意見と言われそうだけれど、三島由紀夫という小説家は、普通の観点からは、この羽仁男そのままに、これと言って人生に不足がない。それなのになぜ死んだか。文学者としては成功を収めたし、批評家どもはみんなバカだし、日本という国は、ますます軽薄で、華美で、つるつるの国になっていくからである。

揚州十日記

神保町で三十分ほど時間があまったので、店頭の安売りの本を漁ってみた。そこは書道の本が専門らしく、法帖の類がたくさんある。法帖というのは、昔の石碑の文字などを拓本に取って、鑑賞したり、臨書のお手本に使ったりできるようにしたものであるが、その中に昔の書家の辻本史邑が書いたお手本があって、紙が破れそうになっているのをそおっと引っ張り出してみると、昭和十九年大阪駸々堂発行とある。昭和十九年は私の生まれた年である。戦争の末期で、紙の配給の事情が悪かったのであろう、本の途中から紙の質が変わっている。なんだか懐かしいような気がして、草書はほとんど読めないのに買ってしまった。

その他に、いわゆる美本も、もちろんあって、一九八〇年代に京都の同朋社から発行された『書学体系碑法帖篇』が何冊も揃っていた。布装に和綴じの綺麗な本なのに、これも安くなっている。『八大山人』と『呉昌碩』を買って、この次またこの店には来よう、慌てて買わなくても、たくさんあるから売り切れることもあるまいと思った。

八大山人の書を中学生などが見ると、大抵、「下手だなあ」と笑うと思う。日本で言えば、たとえば良寛さんの字のようなもので、これは私自身の経験だが、中学の書道の教科書に載っていた「天上大風」の字を「なんとバランスの悪い子供みたいな字だろう。何でこんな字が教科書に載るのか」とあきれたものであった。しかし、大人になってから見ると、なるほど、古今の名筆をよく研究したうえでああなったのだということが分かるような気がするのである。何より見ていて飽きない。八大山人の場合も、使い古し、先のちびた筆でゆっくり、棒のような線を引いて書いたような具合で、バランスはとれていないみたいだし、学校で習った書の規範からはずれているような、というか、それを無視したようなところがある。ところがじっと見ていると、なんだか凄味が伝わって来る。それを私などがバカ正直に臨書してみると、下手まる出しというか、こっちの程度の低さが露呈してしまうのである。

同朋社のこの叢書がいいのは、解説が丁寧なところで、後ろに書家の略伝が付いている。それによると、八大山人は明の王室の末裔であったという。伝記には「弱冠に変に遭い家を棄て、奉新の山中に遁れ薙髪(ちはつ)して僧と為る」とある。それが、清の順治五（一六四八）年のこと。つまり、山人は科挙に応じようと学問をしていた若い頃に、住んでいた南昌を清軍に陥れられ、山中に逃れて僧侶になったのである。

ところで、その日買ったもう一冊は、呉昌碩の篆書を集めたものであった。「そう言えば、呉昌碩も同じように若い頃に戦火に遭っていたはず」と思って、後ろの解説を見ると、十七歳の時に太平天国の乱によって一家離散の憂き目に遭ったことが記されている。

（……）清朝に不満の少数民族、地主、商人、知識人が集結して一八五〇年七月、国号を太平天国として清朝と対立し闘争しました。一八五三年三月、南京を陥落させ太平天国の首都としました。

　この頃、（呉昌碩一家の住んでいた）彰呉村はうち続く飢饉で荒廃し、人々は草の根や木皮を齧り、餓を凌いでいました。そんな折、安徽省から太平天国軍がこの地区に逃込み、これを追って来た清兵は村に放火し掠奪、殺戮、暴行の限りをつくし、村人を蹂躙したのです。

（『呉昌碩　篆書（書学大系　碑法帖篇　第四十九巻）』同朋舎出版）

と、「ですます」体の文章で、解説が付いている。文意から言って、どうやら現代中国で出された呉昌碩紹介の文章に依っているらしい。

それはともかく、中国の優れた文人というか、詩人、画人、書家の中には、政変や戦乱によって辛酸を舐めた人が数多い。むしろそうでない人の方が少ないと言ってもいいくらいである。のんびり幸せに、悠々自適、楽しく暮らしてなおかつ優れた作品を残す、というわけにはいかぬものと見える。日本でも事情は同じだろうが、太平の逸民に文学芸術をものすことはできにくいのか。

子供の時から『西遊記』や『三国志』は好きであった。もちろん子供用に書きかえられた読み物で親しんだのであって、そのほかに、漢詩もいいなあ、と思っていた。そのうち中学生になって、平凡社の『中国古典文学全集』を家で取ってもらうようになった。その中の一冊、『歴代随筆集』を読んで、私はいきなり衝撃を受けたのである。それは人生観が変わる、と言うほどのものであった。

いや、その前に、社会科の教師に教えられて当時のベストセラー、邱永漢(きゅうえいかん)の『日本天国論』(中央公論社)を読んでいて、国が乱れ、安定した政府が無いと民衆はどれほどひどい目に遭うかということを教えられてはいた。「……台湾のインテリはそんなに苦労したのか。政府やアメリカの悪口なんか盛んに書いてる今の日本の新聞が無事なのはありがたいことなんだ」と、妙に感心したりしていたのだが、実際に外国の、あるいは同国人でも異民族の兵隊が、城壁を破壊して乱入してきた時、どんなことが起きるかなど、その生々しい情況は想像することができなかった。

ところが、その惨状そのものを、実際の体験者が克明に綴った長い文章がふたつも、その

『歴代随筆集』には出ていたのである。

それまで随筆と言えば、日本の作家や学者の、それこそ徒然に書いた、しみじみ読める、どちらかと言えば平和そのものの文章を連想するのであったが、こんなのも随筆と言うのか、と心底から驚いたし、酸鼻をきわめるその描写に、吐き気がする思いであった。それを読んだ後で学校に行くと、自分もその一人のくせに、同級生がにわかに子供に見えた。

そのふたつの記録とは『揚州十日記』（佐藤春夫訳）と『思痛記』（松枝茂夫訳）である。前者は、清の順治二（一六四五）年、満州族の軍隊が江南に入って大量虐殺を行なった時のこと。そして後者は、著者の李圭が清の咸豊十（一八六〇）年、長髪賊（太平天国）の軍に捕らえられ、二十九箇月間、賊中にあって見聞きしたことを記したものというから、記録の元となる事件は、それぞれちょうど、八大山人と呉昌碩の体験したものと重なることになる。

私が前口上を述べていても仕方がない、これらの書をまだ読んでいない人のために、少し引用してみよう。弘光元年、すなわち明の福王の即位二年。西暦一六四五年のことである。明の軍隊は清の軍に追われて揚州に逃げ込み、城を閉じて敵を防ぎ、二十四日になった。清の大将は城中の明の督鎮史可法の忠節と武勇とを惜しんで、なんとかしてこれを降伏させ、清のために重用したいと望んだ。征服者の満州族は数が少ない、この広い、大人口の中国全土を制圧し、治めていくためにはできるだけ漢民族を用いなければならないという事情もあったであろう。

しかし、史可法は応じなかった。そうなればいよいよ城内に突入である。満州族の士卒は血に渇いている。

……折から兵卒や騎士が一めんに見えていて私は進むことができなかった。そこで喬（承望）の屋敷の左隣の裏門を体で押し開けてはいった。かくれられる限りのところにはどこにも人がいて、かたくほかの人間を容れることを承知しない。その家から裏までおよそ五へんはさがし歩いたが皆そのとおりであった。すぐに正面の入口の方にいってみるとそこはもう大通りになっていて、軍役に使われる男どもの往き来は織るが如くに絶えない。人々はここを危険な場所だというので見棄てていた。私は急いではいったがそこに搨が一つあった。それはひっくりかえっていて、底が上向きになっていた。それ故私は搨の柱につかまってその底に上がって身をこごめて匿れた。息ぜわしさがやっと落ち着いたと思うと、不意に牆をへだてた隣から私の弟の泣きわめく声がして、また刀で打ち斬る音も聞こえた。それから次には仲兄が泣いて頼んでいる。仲兄は言う。私は金を持っていてうちの穴蔵に蔵ってあるので、私を放してくださるなら持って来て差し上げます。

一撃したと思ったら、ひっそりとしてもう声は聞こえなかった。

（『揚州十日記』『歴代随筆集』〈中国古典文学全集　第三十二巻〉平凡社、所収）

この唐突さ。うんでもすんでもない。いきなり命が断たれたのである。小説なら、ぎゃあーとかなんとか言うところ。やはり実録なんだなあ、と思わせられた。これら二書にはこうした場面がいくらでも描かれているのである。

幼い時心の中に刻印されたことというのは容易に消えないもので、生々しい記述を私は忘れることができない。それゆえ、たまに中国を旅行することがあっても、街のたたずまい、人々の生活ぶりのどこかに、そういう記憶が染みついているような気がして、恐ろしくなることがある。

『それから』

今はどうだか知らないが、私が子供の頃、いわゆるインテリ家庭の本棚にはたいてい漱石全集が揃えてあって、中学生ぐらいになるとそれを読破することになっていたようである。『坊っちゃん』は文句なく面白い。最後に山嵐と一緒になって、赤シャツ、野だいこ等を殴るところは痛快である。『吾輩は猫である』は、少し難しいところはあるけれど、気にならなかった。くすくす笑いながら読んだものである。今見ると、旧字旧仮名のこんなものを昔の子供――かく言う私だが――はよく読んだな、と不思議なくらいである。

最近になって、たまに子供向けの本などを書くと、「そんな難しい字は使えません」とか「表現をもっと易しくして下さい」とか、用字、用語にいちいちうるさい制限がある。しかし、読者が百パーセント理解できなければならない、などというのは、特に相手が子供の場合、余計なお世話であろうと思う。全部分からなくたって、興味さえあれば子供は読むのである。

私の家は、昔のことだから六人兄弟で、兄弟姉妹が次々にその岩波版の漱石全集を読んだものだから、『坊っちゃん』と『猫』の表紙が汚れて背中がぐじゃぐじゃに柔らかくなっていた。しかし『明暗』などは美本だったようである。

『草枕』も読んだし、『三四郎』『こころ』あたりまでは最初の二作を読んだ勢いで割合すらすら読めるのだが、『それから』などになると中学生には面白くなくなる。何を言っているのかよく分からなかった。その頃は恋愛小説かと思って読んでいたのだが、どうも難しい。友人の妻などにわざわざ手を出さなくてもいいのに、ぐらいの感想である。それが大人になると面白くなってくる。恋愛の部分に、ではなくて、主人公らの生活とその時代のほうに興味が湧くのである。たとえば主人公の代助という男が、その兄の誠吾に頼みごとをする場面がある。代助はいわゆる高等遊民、兄は財閥系の大会社の重役か何かをしているらしい。

「兄さん、貴方(あなた)に少し話があるんだが。何時(いつ)か暇はありませんか」
「暇」と繰り返した誠吾は、何にも説明せずに笑って見せた。

（『それから』『漱石全集』第四巻、岩波書店）

「暇」という言葉を聞いて、それが自分とあまりに無関係な言葉なので思わず笑いだすぐらい忙しい日常なのである。一方代助のほうは、学校を出てから何もしないでいる。働いていないから暇である。「明日の朝は何うです」と訊いてみる。

「明日の朝は浜まで行って来なくっちゃならない」

「午からは」

「午からは、会社の方に居る事はいるが、少し相談があるから、来ても緩くり話しちゃいられない」

「じゃ晩なら宜かろう」

「晩は帝国ホテルだ。あの西洋人夫婦を明日の晩帝国ホテルへ呼ぶ事になっているから駄目だ」（同前）

という調子。兄貴は決して口実を設けて弟を避けているわけではない。「そんなに急ぐなら、今日じゃ、どうだ。久し振りで一所に飯でも食おうか」と言ってくれる。で、二人でどこかへ行くことになった。

代助は賛成した。所が倶楽部へでも行くかと思いの外、誠吾は鰻が可かろうと云い出した。

「絹帽で鰻屋へ行くのは始めてだな」と代助は逡巡した。

「何構うものか」

二人は園遊会を辞して、車に乗って、金杉橋の袂にある鰻屋へ上った。

其所は河が流れて、柳があって、古風な家であった。黒くなった床柱の傍の違い棚に、絹帽を引繰返しに、二つ並べて置いて見て、代助は妙だなと云った。(……)　(同前)

絹帽と書いてシルクハットと読ませる。鰻屋の座敷の違い棚にシルクハットが二つ並んだところは実際奇妙な光景である。そもそもフロックコートにシルクハットは、十九世紀西洋の正装であるから、日本人も被らなければならなかった。明治時代に日本の田舎でこんな恰好をしていると、「やあ、ポンチ絵が歩いているぞ」と言って子供の群れが付いて来たそうである。

ふたりが何故、こんな場違いというか、珍妙な恰好をしているのかと言うと、引用箇所にある通り、それまで園遊会というものに出席していたからである。園遊会は英米のガーデンパーティーを日本で実現したもの。場所は麻布のさる家で、主賓は英国の国会議員とか実業家とか言う、「むやみに背の高い男と、鼻眼鏡をかけたその夫人」であった。麻布のその邸宅には広い芝生でもあったのであろう。その前の時代には大名屋敷か何かだったと思われる。

ガーデンパーティーは、日差しの弱い英国などの野外でやるのはいいけれど、じりじりと日が照りつけ、湿度の高い日本にはあまり適していないようである。少なくとも、ハイカラーのシャツとネクタイで首を絞めるのは蒸し暑い日本の野外では不快でつらい。

そんなところで英国人と英会話をするのは、そういうことが好きな少数の人にはいいかもしれないが、たいていの日本人にはしんどい。それで二人は難を逃れて、古めかしい、それどころか、江戸情緒さえ残るこんな鰻屋に来た。明治の日本人が本音で美味しいと感じる料理は、鰻と鮨とてんぷらだったようである。そしてそのために、違い棚にシルクハットが二つ並ぶという珍風景が現出したというわけである。

先に述べたとおり、代助と言う男は三十代だろうと思われるが働いていない。彼は月に一度は必ず本家、つまり兄の家へ金を貰いに行く。その生活はこの貰った金で賄われているのである。当時は長男が財産のほとんどを相続して、兄はそのうちから他の兄弟たちに分けてやるという制度であったから、代助は「親の金とも兄の金ともつかぬものを使って生きている」ということになる。

その親父なる人はまだ健在で、やがて代助に、一族の資産安定を意図した露骨な政略結婚を強制するのだが、代助としてはそれに従うわけにはいかない。何故かと言えば、彼は親友の妻に心残りがある。友人にその女を紹介し、結婚をすすめたのは彼自身なのである。そして今になってそれを後悔しているどころか、できればこの女を取り返して生活をやりなおそうと考えている。というのが、この小説の重大なテーマとされているのだが、そんな思いつめたような鬱陶しい話より、彼らの生活ぶりが面白いのである。

今、フランスの経済学者で、日本でも大ベストセラーになった本の著者、ピケティ氏などという人が来日して、格差社会ということが問題になっているようだが、この小説の時代、つまり明治の四十年代は大変な格差社会である。

代助の友人は平岡と言って大学出の会社員だが、その男がこんなことを言う。

「会社員なんてものは、上になればなる程旨い事が出来るものでね。実は（自分の部下の）関なんて、あれっ許の金を使い込んで、すぐ免職になるのは気の毒な位なものさ」（同前）

「それで其男の使い込んだ金は何うした」と代助が訊くと、「千に足らない金だったから、僕が出して置いた」と平岡は答える。漱石全集の注によると、当時の千円は下級官吏の平均月給が約二十九円なので、その三十倍に当たるという。この平岡という友人もそれだけの高給取りなのである。

さらに、代助の兄の家は平社員などとは桁違いの金持ちである。代助がいつも助けてもらっていて、好感を持っている嫂（あによめ）の金銭感覚を示すこんなエピソードがある。

（……）此（この）嫂は、天保調と明治の現代調を、容赦なく継ぎ合せた様な一種の人物である。わざわざ仏蘭西にいる義妹に注文して、六（む）ずかしい名のつく、頗（すこぶ）る高価な織物を取寄せて、それを四、五人で裁って、帯に仕立てて着て見たり何かする。後で、それは日本から輸出したものだと云う事が分って大笑いになった。（……）

（同前）

その頗る高価な織物のことを嫂は、何で知ったのであろう。そしてこの失敗談のために彼女は幾ら費やしたのであろう。そのあたりが知りたくなる。いずれにせよ、普通程度の金持ちなら、こんな贅沢をする嫁はたちまち離縁されてしまうかもしれないが、この家では、大笑いで済んだのである。

嫂が、てっきりフランス製と信じ込んで、わざわざ海の向こうから取り寄せるほど気に入った織物は、趣味が合うのも道理、日本製だったわけである。行って帰って来た生地はさぞ高価であったことだろう。しかし似たような現象は、日本の家紋を模して上手くあしらったルイ・ヴィトンの鞄を日本人がひどく欲しがることなどにも見られるところである。

生き物

アリの貴族、または怠惰について

アリはどこにでもいる。地面にしゃがんでいる寂しい子供にとっては、退屈をまぎらわすいい遊び相手であった。行列を付けて行って、巣の在処を突き止め、木の棒を突っ込んでそれをほじくり返すとか、家から薬缶の湯を持って来て上からかけるとか、子供はろくなことをしない。それでも、そんな自分の所行を大きくなっても大抵覚えているところを見ると、殺生をした幼時の罪の意識が心のどこかに引っかかっているのであろう。

しかしこの虫は生物社会の進化という点では、ひとつの究極の形を表しているように思われる。人間の全体主義国家も、命令系統をひとつにし、無駄をなくしていけばアリの社会のようになることは、かつてのナチスドイツや中国の例が示している。

アリの社会は厳然たる階級社会で、女王、王、兵、働きアリと、形態から大きさまで非常に違っているが、それぞれ、それこそ脇目も振らずにその役割を果たしている。女王はひたすら卵を産み、王はその女王と交尾できてもできなくても直ぐ姿を消す。そして働きアリはひたすら巣の中の家事と食糧集めをし、兵アリは巣を守る。巣のためには個体の命は問題にならない。

大人の人はアリを警戒し、家の中に入ってこないように気をつけていた。マンションと違って田舎の一戸建ての家の中など、油断するとアリはいつの間にか侵入して来て、砂糖壺などが真っ黒になるほどたかっていることがあったものである。家そのものも隙間だらけであった。

フランスの作家ジュール・ルナールの『博物誌』（一九三九年）に、アリの行列を観察した一文がある。


一匹一匹が、3という数字に似ている。

それも、いること、いること！

どれくらいかというと、333333333333……ああ、きりがない。

（『博物誌』白水社）


岸田國士（きしだくにお）訳で、かつては誰にでも知られていた『博物誌』の中の俳諧風の文章のひとつである。

アリが数字の3に似ているのは、翅がないからである。そして大抵は体が真っ黒だからである。しかしその体は、他の昆虫では何に似ているかと言うと、ハチそっくりである。アリは、ツチバチという、土の中に潜ることの得意なハチの仲間が進化発展したものだという。

ハチの仲間はこの地上至るところで繁栄していて、空いているニッチはもうないと言っても
いいくらい、残るは土の中だけ。そこを開拓して大発展したのが、アリの仲間という見方もで
きよう。土の中では飛ぶことができないから、翅は要らない。ただ、他の巣のハチと結婚して
遺伝子交換をするときに有翅の雌雄が出現する。これがすなわち羽蟻である。

サムライアリという立派な名前のアリの仲間がいる。見かけは特に変わったところのない種
だが、「侍」と名付けられたのは、武勇に優れているからである。実際、戦いにはめっぽう強く、
それを生業とするそのかわり、農業、工業に類することは一切しない、というかできない。と
いう話を始めれば、「蟻が農業を?」と笑う人もいるだろうけれど、南米に住むハキリアリは、
木の葉を切り取り、発酵させ、菌床を作って、キノコを栽培する。工業の方は……と書き始め
れば本題からずれてしまうので、それは別の機会に譲るとして、このサムライアリが古代ロー
マの歩兵軍団のように隊列を組み、ぞろぞろ行進することは昔から知られていた。日本産のは
ただのサムライアリ、ヨーロッパ産のは体が赤みがかっているので、アカサムライアリと言う。
それぞれ別種に分類されている。

サムライアリは帯状の群となり、ずんずん行進していく。行く先はクロヤマアリと言う、別
のアリの巣である。

ひとたび相手の巣に侵入するや、サムライアリはクロヤマアリどもの抵抗をものともせずに戦う。と言っても殺すのではない、余裕綽々、相手の体を咥（くわ）えるとぽいぽい投げ捨てるのだ。戦闘集団として、サムライアリはクロヤマアリに遥かに勝っていて、ただ敵を投げ捨て、排除するだけなのである。アカサムライアリは戦いのプロなのであり、その目的は略奪である。と言っても、クロヤマアリの財物を盗むようなけちなことはしない。盗む物はただひとつ、クロヤマアリの繭である。その中にはクロヤマアリの生きた蛹（サナギ）が入っている。すなわち、アカサムライアリの群れは幼児誘拐の軍隊なのである。

やがて、アカサムライアリの巣に運び込まれた繭からは若いクロヤマアリたちが羽化してくる。彼らは、囚われの身を嘆き、必死になって敵の巣窟からの脱出をはかる……と、強制収容所から脱走した少年たちのことを連想する人もいるだろうが、このアリの若者たちはそうはしない。繭を破って異境に生まれてきたクロヤマアリの新成虫たちはなんと、アカサムライのためにせっせと働き始めるのである。巣の中のゴミを片づけ、食物を集め、侍たちの身の回りの世話をする。まるっきり奴隷である。しかも、こうして働くことに何の疑問も抱いていないのだ。彼らはサムライアリのフェロモンを体になすり付けられ、自分たちもサムライアリだと思い込んでいるのである。

サムライアリたちはこの奴隷を使役し、いい気になってのうのうと、古代ローマの貴族さながら、長椅子に寝そべって響宴を催すのだろう、という想像は半分当たっているが、実を言うと彼らの怠惰さはそれ以上であって、食物も、自分で食べるのではなく、クロヤマアリに口元まで持って来てもらい、食べさせてもらうというから恐れ入る。

そこに食べ物があったとしても、自分で食べるのはめんどうだから食べない、というのではないクロヤマアリの奴隷がいなければ、そのまま餓死してしまうのである。戦闘のプロではあるけれど、家の中のことはそこまで奴隷に頼り切っていて自分では何もできない。クロヤマアリの巣になだれ込んだ時相手を殺さなかったのは、やがてまたこの奴隷アリのコロニーが復活してくれないと困るからである。

私の知り合いできわめて有能な会社員がいるのだが、その有能な人物が、ひとたび家に帰ると、世にも無能になる。ある日、奥さんが、親戚の葬式か何かで、一日家を空けた事があった。奥さんはその日、亭主のためにちゃんと料理をして、電子レンジで「チン」すればよいように準備していったのだが、彼は冷蔵庫の扉さえ開けることなく、何も食わずに、うちで腹を空かせていたという。こんな奥さんと亭主の組み合わせの人類が、そのままの関係で進化していけば、奥さんがうっかり外出した時、亭主が自分で冷蔵庫も開けられないで餓死、ということも起こりかねない。こういうのも共進化と言うのであろうか。

妻と夫の共進化というのはもちろん冗談だが、古代ローマにおいては実際に、サムライアリとクロヤマアリのような、主人と奴隷の関係が人間にもあったわけである。では、古代ローマの繁栄がそのまま何万年も続いていれば、人間同士もサムライアリとクロヤマアリのようになってしまっただろうか。

たとえば、というあたりからにわかに話が現実味を帯びてくるのだが、介護ロボットなどというものが、もし、非常な発達を見るならば、これを老人介護ばかりにではなく、乳幼児の世話にも用いるようになるかもしれない。保育園などでも人手不足が進行すると、そういう解決法に頼らざるを得ないであろう。

幼時から機械に食べさせてもらうことに慣れた人間は、その機械なしには食事ができなくなり、時間が来ると、あーんと口を開けて咀嚼するのみで、自分で箸もスプーンも使えないようになってしまうことになるのか、などと書いているとなんだか自分がもうすぐそうなりそうで、不吉な気がする。

実を言うと私には、子供の時のことだが、そうやって、他人に食べさせてもらうという生活の体験がある。下半身の片側を石膏のギプスで固められていて、仰向けに寝たまま、寝返りを打つことも叶わなかった。小学三、四年の時である。

その生活が二年近く続いたのであったか。その間、スプーンや箸で、「あーん」と食べさせてもらっていたのだった。ようやくギプスが取れて腹這いになることが叶い、初めて自分で箸を取って食べた時は子供ながら、しみじみおいしいと思った。

家事ロボットも介護ロボットもありがたい、素晴らしいものではあるけれど、人も虫も、体の使わない部分は直ぐ退化する。鳥で言えば、モーリシャス島のドードーは、先祖は鳩の仲間らしいが、捕食者のいない孤島での生活でごく短い間に無様に太った、飛べない鳥になった。そこに人間が来て捕獲し、イヌやネズミが殖えたので、たちまち絶滅してしまった。体型まで変わったドードーや、物の食べ方まで忘れたサムライアリへの道は我々の直ぐ前にある。

カネタタキ

深夜一時、ベッドで本を読んでいると、部屋の隅でチン、チン、チンという、小さな小さな音がする。虫の声、とはっと気がついた。かそけき声の主はカネタタキと言う虫である。あ、まだ生きていてくれたか、と嬉しくなってしばらく耳を澄ます。本棚の上に置いた小さな容器の中で鳴いているのだ。

カネタタキは体長一センチばかり、樹上性の蟋蟀(こおろぎ)の仲間である。秋の夜、住宅街などを歩いていると木の葉の上あたりで鳴いているらしいこの虫の声をよく聴く。昔の絵巻物に描かれた乞食坊主か何かが、遠くで鉦(かね)を叩いているように鳴くその声だけは聴こえても、姿は小さくてなかなか見つけられない。

いや、そのチン、チンという音そのものも、あらかじめこの虫を知っている人間でなければ気のせいのように思われて、聴き取れないかもしれないほどかすかなものである。

私の部屋にいるこの個体は、十月の末頃に、「ファーブル昆虫館」の生け垣で捕まえられたものである。それにしても今日はもう十二月の七日になる。この部屋がマンションの一室で暖かいからこんなに生きていてくれるのであろう。このまま年を越してくれるかもしれない。タッパーの蓋にぽつぽつと穴をあけた容器に、葉っぱの切れ端と昆虫ゼリーを入れた中に放り込んだまま、すっかり忘れていた。こんな狭い物の中に閉じ込めておいて忘れるなんて、我ながら殺生なことをしたものである。申し訳ない。

もっとも、虫のほうでは、特に私を恨んではいないものと思うことにする。捕まえて閉じ込めておきながら忘れてしまって殺生な、ということから、恐ろしいことを想い出した。昔々、初めてパリに行った時に、キャヴォー・デ・ズブリエット caveau des oubliettes という、シャンソン酒場に案内してもらったことがある。石造りの暗い階段を降りていくと、タイムマシンで中世の城にでも来たような気がした。パリにはこんな大きな地下室が、あの石の建物の下にたくさんある。重い木の扉を押すと、光が洩れて、もうもうと煙草の煙が立ち込める中に木のベンチやテーブルが並べられ、アコーディオンの伴奏で歌手たちが歌っているのであった。

キャヴォーというのが、こういう貯蔵庫や地下墓所のこと。ウブリエットというのは地下牢のことである。そしてこの、ウブリエットという語は「忘れる」oublier（ウブリエ）という語と関係がある。セーヌ河の水が増水すると水浸りになるような地下牢であるが、罪人を閉じ込めたまま、牢番が忘れてしまう、ということがあったのであろう。雨の季節に川の水が床からだんだん上がってきた時、地下牢に閉じ込められたままの囚人はどんな思いであったろう、とその時想像したのであった。

翌朝明るいところでカネタタキの容器を調べてみると、入れておいた葉っぱは茶色くちりちりに枯れ、黒いカビが生えている。虫は昆虫ゼリーを舐めて生き延びてきたのだが、べつに罪を犯したわけではあるまいし、実に申し訳ないとまた思った。

早速、べとべと汚れている容器の底を濡れた紙で拭ってから、新しい紙を折り畳んで入れてやり、ゼリーも表面の黒ずんでいる部分を削って元に戻す。それからベランダのプランターに植えてある新鮮なブラックベリーの葉を採ってきて入れてやろうとまた開けてみたら、肝心の虫の姿が消えているではないか。やれやれ、掃除の間に逃げられたか。容器の蓋はちゃんと閉めておいたつもりだったが……と思ったが、仕方がない。とりあえずそのまま本棚の上に戻した。とにかく小さな虫であるから、物がごちゃごちゃといっぱい置いてある部屋の中に紛れ込まれたらとても見つけられない。西洋の物語の『ジャックと豆の木』のように、巨人の家に入り込んで竈か何かに隠れ、今にも見つけられるかとはらはらさせられる話があるけれど、カネタタキはその逆で、いったん身を隠されたら、人間のような大型動物にはとても見つけられるものではない。

「しまったなあ、今度は枕元において鳴き声を楽しもうと思ったのに」

と思うけれど、空になった容器では意味がない。

明治の日本に来て、夜店の虫の音に深く感動した小泉八雲（ラフカディオ・ハーン）は、「草雲雀」という小品の中で、ストーブを焚いて暖かくした部屋の中で、秋深くなるまでその虫を飼っていた話を書いている。ところが、八雲がちょっとした旅行をしているすきに、女中が餌をやるのを忘れて死なせてしまうのである。八雲はひどく悲しんだと記している。

私のカネタタキは、いずれ、部屋の隅でまた鳴いてくれるかもしれないけれど、今度は餌がないだろう。鳴いたら捕まえてやりたいが、あれだけ小さいのではちょっと難しい……と考えながら、せっかくだが、この葉っぱは捨てようかと、未練がましく容器の中を覗くと、何のことか、虫はまたいるではないか。さっきは折り畳んだ紙の間に素早く隠れていたのだった。私は大失敗の後、それを取り返した時の、非常に嬉しい、ほっとした気分になった。

今度こそは逃がさないぞ、と慎重に餌のゼリーを入れ、枕元において観察する。しかし鳴かない。まさか、虫が気を悪くしてもう二度と鳴くものかと、意地を張っているわけではあるまいが、あれからは全く鳴いてくれないのである。

時々蓋を開けてそおっと覗いてみると、元気そうに、ブラックベリーの葉や枝の間をそろそろ歩いている。その姿はマツムシを小さくしたようである。かつて、「ファーブル昆虫館」ができる前、同じ場所に立っていた古い家の戸の、金属の引き手のくぼみにこの虫が潜んでいるのを、子供が見つけたことがあった。そのカネタタキは、いかにも自分の場所を見つけたように居心地よさげにじっとしていた。それを発見し、私に教えに来た子供の、面白そうな表情も未だに忘れられないのである。

それにしてもこのカネタタキは長生きである。野外の個体ならとっくに死んでいるはずが、それらより二箇月以上も長生きしている。この場合は暖房のおかげであろうが、気温、食物、その他の条件を理想的に整えればいったいどれくらい生きるのであろう。

生物には皆、実際の寿命より余裕というか、潜在的な寿命があるもので、ひと夏のはかない命と思われている虫でも、飼育下ではこのように長生きする。蝉の成虫を長生きさせるのは難しいが、子供の飼っているカブトムシが初冬まで生きるようなことがたまにある。しかしその潜在的寿命によって長生きしている一番いい例は人間と、それからそのペットであって、今の我々は細々とながら、ずいぶん長生きである。たとえば縄文時代の平均寿命は二十幾つだったであろうと思われるが、今は八十幾つだとか言っている。実に四倍くらいも生きることになる。これには食物、温度調節どころか、医療の発達という大変な要因がある。私自身、昔生まれていたら、既に三回ぐらいは死んでいる。今はそれこそ余生であって、本来ならもはやあの世に行って、乞食坊主の格好でもして罪障消滅の鉦をチン、チン、と叩いているところかもしれない。

モモンガの気持ち

子供の動物図鑑を借りて読んでみると、新しく発行されたのは、奇麗な色刷りで、しかもその印刷が鮮明なのに感心する。解説というか説明文を読んでみても、情報量が豊富で、分かりやすい。

もっとも、私なぞが頭の中で較べてみているのが、自分が子供だった、昭和三十年代の図鑑や絵本なのだから、ものの豊富な今の出版物と比較にならないのは当然なのかもしれない。

うちでフクロモモンガを飼っているので、図鑑でその身元を調べてみた。すると、眼が大きくて、鼻がピンクの、うちのツッピーと全く同じ顔をしたのが出ている。兄弟のようにそっくりである。解説文に、こうある。

フクロモモンガ
（フクロモモンガ科）

体の横にある飛膜を張ってかっ空します。50mはかっ空できます。
（体長）16〜21cm／尾長17〜21cm（体重）オス115〜160g　メス95〜135g（食べ物）昆虫、ユーカリの芽や花など（分布）オーストラリア東部、南部、タスマニア島の森林
（『小学館の図鑑NEO　動物』小学館）

そして全身の絵の下に「前後の足を広げると、体のわきにある飛膜がのびます」と説明文があって、実際にこの獣が滑空しているところの絵が描いてある。いたれり、つくせりである。この絵なしには想像しにくいが、モモンガやこのフクロモモンガの仲間は、大木の幹をすると登って行き、ある一定の高さに達すると、別の木めがけてぱーっと飛ぶ。その時に体のわきの飛膜が、あたかもグライダーの翼のように働いて空中を滑空するのである。長い尻尾は飛行機の尾翼のように使うのであろう。

滑空はするけれど、鳥やコウモリのように羽搏く能力はないから、高度はすーと落ちる。だから、二本目の木の幹をまた高いところまでよじ登って飛ぶ、ということを繰り返し、距離を稼ぐわけである。

私が感心したのは図鑑の出来のよさの他にもうひとつ、そこに書いてあるこの動物の能力で、滑空する距離が五十メートルにも達するということであった。五十メートルは凄いではないか。

うちのフクロモモンガは、子供が毎週通うペットショップで母親にさんざんせがんで買ってもらったものである。新しい飼い主はさぞ可愛がるかと思いきや、「男の子だから、つよしだよ、だからツッピー」と、勝手な命名をしただけで、世話は両親に任せたままなのである。

本来五十メートルの滑空能力の持ち主のツッピー君は、天井の高い、大型の針金のケージに入れられて、止まり木伝いにちょこちょこと運動はするけれど、すぐ行き止まりになる。この中には、とても滑空するだけのスペースはないのだ。

居間に放してやったら、カーテンを這い登り、カーテンからカーテンへと室内を自由自在に滑空するのではないか、と想像するけれど、ついでに小便なんかもするかもしれない。そう考えると、放してやるのは止めておいたほうが無難であろう。

かつて本郷の東大前に、猫の小便臭い、渋い臭いのする古本屋があって、ちょっと悪くない感じがしたものだが、うちの居間となると話は別である。

実際に、夜中に餌と水を取り替えた時に、ケージの戸を閉め忘れたことがある。大して広くもない居間だけれど、小さい獣がどこに行ったかは分からない。

鋭い声で鳴いたから分かったのだが、お気に入りの場所は、テレビの裏側の、電気のコードやコンセントがややこしく絡み合ったところであった。覗くと、姿は見えているけれど自首してくる気配はない。

こんなに小さな動物が感電して死んだりしても不憫であるし、えい、仕方がない、と玄関から捕虫網を持って来て、柄のほうで軽く叩いて追い出した。

そうして、敵が慌てて埃の中から出て来たところにさっと網をかぶせてやった。

小さくて敏捷なペットを飼うのなら、捕虫網というものは必需品である。とは言うものの、うちの捕虫網は、鳥や獣を捕るためのものではない。

ツッピー君は、何代にもわたる累代飼育による、いわば金枝玉葉のお育ちであるから、野生の生活なんかは知らないと思うけれど、それでも捕まえられると「キ、キー!」と金切り声を上げて怒った様子を見せた。怒る時は怒るのだ。

この顔は何かに似ているなあ、と思ってつくづく見たら、はっとひらめいた。中原淳一の少女の表情だ。昔々のファッション雑誌「それいゆ」の表紙は毎号、中原淳一描くところの、大きな眼の少女の肖像が飾っていたのだった。その眼の大きさたるや、顔の面積の大半を占めるかと思われるほどだったが、ツッピーの、若干飛び出した濡れ濡れの眼は、それにそっくりなのである。ただし、この仲間のオスの特徴らしいが、頭の真ん中が禿げている。

ツッピー君は、昼間、ほとんどの時間を、眠って過ごす。野外なら木のウロなどの中の巣であろうが、うちのケージには四角い布袋が吊るしてあるから、その中に入って寝る。八月のうだるように暑い季節でもそのライフスタイルは崩さない。夜行性の生活は、天敵の猛禽類などを避けるためであろう。

夜の十一時頃になると、ようやくお目覚めになる。それに合わせて飼い主の私も、好物の甘いものを持ってご挨拶に参上することにしている。

その他にも、午前三時頃、夜行性の私がケージを訪問すると、ケージの中を跳ね回って喜んでくれる。それで手にいつもの軍手をはめ、片手でツッピー君をかまってやると、いい運動になってご機嫌麗しいようである。

世の中にはフクロモモンガを飼う人が多いと見えて、専用の乾燥飼料とか〝グルメ〟をうたったゼリーが売られている。しかし、こういう日常のご飯は若干飽き気味のようにお見受けするので、特別に、クッキーに蜂蜜を塗ったりしてご機嫌を取ることにしている。

しかし、ツッピーが甘いものよりもっと好きなのは、コオロギとかセミのような昆虫である。コオロギの気配を感知する、とツッピーの表情が引き締まる……ような気がする。ガ然、動きが俊敏になり、逃がしてなるものかという表情で、器用な指でさっと虫を掴み、頭からガリっと齧ってしまう。一瞬の早業である。

可愛いかったイメージが一変。唖然として見ていると、ツッピーはこちらを見て「何か?」という表情をした。

そのコオロギも、雄より、卵を持っている雌が美味しいらしい。すべては栄養価の問題である。野生状態ではこうやって昆虫を食べているわけで、その代わり自分のほうも、ぼんやりしていると天敵に食われることになる。

ところで、モモンガとフクロモモンガとは外見がよく似て、生活の仕方もそっくりのようであるけれど、哺乳類の系統から言えば、親戚でもなんでもないらしい。モモンガは、リスの仲間であり、フクロモモンガは、先に引用した図鑑の説明文にあるとおり、フクロモモンガ科という有袋類の仲間である。

有袋類の原産地、オーストラリアやタスマニア島は地質学的に古い土地である。その地で進化発展を遂げた有袋類もまた、その起源が非常に古く、機械で言えばオールドモデルである。フクロオオカミ、フクロギツネなど「フクロ」と付く哺乳類がたくさんいる。もっとも、フクロオオカミは開拓が進むとともに、早々に絶滅させられてしまった。

外部からやって来た人間が、ヒツジやイヌのようなニューモデルを持ち込んで来たことの影響が大きかった。古い型の生き物を、新しい、洗練された型の生き物が駆逐、とまではいかないけれど、圧迫したのである。

系統は違っても同じような生活をしていると姿形が似て来るわけで、東南アジアの森林に住む、体長三十センチもある大きなトビナナフシとトビトカゲは、翅の模様や色合いがそっくりである。本来、お互いに、縁もゆかりもない、昆虫と爬虫類が似ているのである。どちらも敵から逃れようとするとき、羽を広げて滑空する。

それにしても、リスのような、あるいはネズミのような哺乳類が、木から木へと飛び移っているうちに体のわきの飛膜がのびて滑空できるようになる。その同じ現象が、有袋類でも他の哺乳類でも起きたということに感心せざるを得ないのである。

花の夢

私の父方の祖母はずいぶん高齢で亡くなったのだが、若い頃病気になって、重篤な状態に陥ったとき、世にも華やかな夢を見たそうである。

広大な花畑に突然自分は居た。一面に真赤な、厚ぼったい鶏頭の花が咲いている。しかもどこまで行ってもその赤い鶏頭の花ばかりで尽きることがない、という光景である。

幸いにして祖母は恢復したけれど、それ以来この花は見るのも嫌だと言っていた、と、これは私が父から聞いた話である。

そうなると、どうもあんまり縁起のいいことではないのかもしれないが、私自身も最近かなり派手な景色を夢に見た。

小高い丘の上に一本の大木が聳えている。どうやら杏か巴旦杏(はたんきょう)の木らしい。春先のことで、それがいっぱい真白な花を付けているのである——と、こう書いてきて、杏などバラ科の花はかすかにでもピンクがかっているのではなかったか、という気がしてきたけれど、とにかく夢の木の花は、それこそ雪のように純白であった。

背景の空は真青で、実に清々しい光景なのであるが、目が覚めてから、何故こんな、多分、実際には見たことのない景色を夢に見たのかと、不思議に思われてならなかった。

目が覚めて、いつもならすぐに起きるところであるが、その朝はそのままベッドの中でしばらくぼんやりしていて、それで昔、父から聞いた祖母の夢の話を想い出したのであった。

——しかし自分はべつに身体の具合が悪いわけでもなく、熱などもないようだし……とあれこれ考えていると、あ、この夢はむしろ、半歳ほど前に訳すのに苦労した『昆虫記』の一場面と関係があるのかもしれない、と思い当たった。

『昆虫記』の第五巻の第二十一章に、カマキリの卵塊一個からわらわらと大量の幼虫が孵ってくる有様をファーブルは記している。それらのいたいけな幼虫たちは、アリやトカゲにたちまち捕食され、次々に死んでいく。大量に生まれて大量に死んでいくのである。

そしてその後にファーブルは、凄い数の実を付け、その実のほとんどすべてが、若木として育つことなく、むざむざと、鳥や昆虫の餌食になってしまうサクランボ（セイヨウミザクラ）の樹についてこんな風に書いている。

私の研究室の窓から見える泉水（せんすい）の土手に、見事なサクラの樹がそびえている。（…中略…）四月になるとこの樹には花が咲き、見事な白い繻子の円天井のようになる。枝の下には雪のように花びらが舞い散り、白い絨毯を敷きつめたようだ。

やがておびただしい量のサクランボが赤く熟してくる。ああ、私の美しい樹よ、おまえはなんと気前がよいことか！　どれほどたくさんの籠をいっぱいにすることか！

そしてまた樹の上では、たいへんなお祭り騒ぎが繰り広げられるのだ。サクランボの熟したことを第一番に知ったスズメたちは、朝と夕方、群れをなしてそこに来て、実をついばみ、さえずるのである。スズメが、近所に住む友達のアオカワラヒワやズグロムシクイに知らせてやると、連中は飛んできて、何週間ものあいだサクランボを堪能するのだ。

チョウたちは、傷ついた実から実へと飛びかかって甘い汁を吸っている。ハナムグリたちは口いっぱいサクランボにかぶりつき、満腹してうとうとしている。アシナガバチやスズメバチが甘い皮袋を噛みやぶると、そのあとに小蠅たちがやってきて甘い汁に酔いしれる。よく肥った蛆虫はその果肉の真ん中に住みついて、汁気たっぷりの住まいの中で満足そうに腹を膨らませ、肥って脂ぎってくる。やがて食卓を去るときには、優雅なミバエに変身しているのである。

（…中略…）無数の生き物たちがこの寛大なサクラの樹のおかげで暮らしているのだ。

（拙訳『完訳　ファーブル昆虫記』第五巻下、集英社）

この「見事な白い繻子の円天井」とか、「枝の下には雪のように花びらが舞い散り、白い絨毯を敷きつめたようだ」という描写が、私の心の中に、写真のようにくっきりと焼きつけられていたらしい。

たしかにこれは、いかにも豊饒な生産の場面であるけれど、一方ではまたサクランボの大量死につながるというか、それが他の生命のための犠牲になる死の祭典のような光景でもある。自然の、何という残酷さ、無情さ、という気もするが、ファーブルは、それこそが自然の摂理なのだ、と考える。

いつかこのサクラの大木の寿命が尽きた時、別のサクラがこれに取って代わって、自然の中で元の木が占めていた地位を占領するために必要なのは、たった一個の種子でしかない。それなのにこのサクラの木は、毎年々々大きな升に何杯もの実を生らせる。いったいどうしてそんな無駄なことをするのか、と彼は問うのである。

逆にもし、すべての種子が芽を出し、充分に発育するならば、この世界はサクラの木だらけになってしまって、もはや一本のサクラも生える余地がない、という状態になるであろう。自然は一種の生物だけが繁栄することは望まない。そういう状態になりそうになると、必ず、天敵が爆発的に増殖してバランスを取るようになっている。

だから、サクランボを様々な生き物たちが寄ってたかって食べるのは、それはそれでかまわない。ただ一本の木がその中から育てばよいことなのである。そして膨大な数の、死んだサクランボは、他の者たちに食べられることで、自然の中での、その役割を果たしたことになる。

植物がいわば自然界の化学工場の役割を果たして、土や岩から無機物を抽出し、これを合成して複雑な有機物を造る。それを虫が食べ、その虫を鳥が食べる……という風にして、徐々に高等な動物が造られていくのだ、とファーブルは説明しているが、最終的にもっとも高等なものは人間の脳だ、と彼は考えていたようである。


生命という、この世の至高の現われとなるために、物質はゆるやかに、きわめて微妙に加工されなければならない。それは限りなく小さい調剤室の中、たとえば微生物において始められる。そのうちのあるものは雷の衝撃よりも強い力で酸素と窒素とを化合させ、植物のもっとも重要な栄養素である硝酸塩（しょうえんさん）を造り出す。

それは限りもなく無に近いものによって造り始められ、植物によって合成され、動物によってさらに洗練され、進歩を重ねてついには脳を造る物質にまで高められるのである。

（….中略….）

空に昇っていく花火は、一番高いところに昇りきってはじめて、多彩な眩（まばゆ）い火花を散らす。そのあと、またあたりは夜の闇（やみ）に返る。この煙から、気体（ガス）から、酸化物から、長いあ

いだに植物を介して、また別の爆発物が造り出されるのであろう。（同前）

このようにして物質は変化し、姿を変えていくのである。ひとつの段階から次の段階へ、微妙な仕上げからより微妙な仕上げへと、物質はその媒介物によって、華麗な思想の花を咲かせる高みにまで到達することもある。それから、その作用そのものによって砕けて、物質最初の出発点であった、あの名もないもの、生き物すべての起源である、崩壊した分子に戻るのである。

ファーブルは自分の墓石に「死は終りではない。より高い生への入口である」と彫らせているし、また息子ジュールの死に際して、「来世での生まれ変わりを信じている私は……」と書いている。ファーブルが仏教的な輪廻転生を信じていたのかとか、死に臨んでカトリックの教会とどう折り合いを付けたかとか、私には分からないことが多いのだが、少なくとも自分の肉体の行く末に関しては、単なる物質として、きわめて科学的、合理的に考えていたことが右の文章によって分かる。

私もまた、死んだ時、できれば土葬にしてもらって、上にサクラの木でも植えてもらえればいいか、とも考えるけれど、その木にサクランボが生ったりしたら、その実に私の身体を形作っていた物質の分子が含まれているわけで、やっぱり不味くて誰も食べてくれなかったらどうしよう……と、まあ今はそこまで考えなくてもいいか。

その日、その日

ファーブルからランボーへ

昭和三十八年に私が大学に入学し、四十年にフランス文学科に進学した頃、フランス文学科は、大盛況であった。志望者が多くて、すんなりとは入れてくれない。
なんと、教養課程の点数で合否を決めるというではないか。私など、自分の成績で仏文科は大丈夫だろうかと、ちょっと心配になったくらいである。

そもそも私は中学、高校生の頃、京大の中国文学科か仏文学科に行きたかった。京都は母の出身地であるし、御所の近所に叔父の家があって、夏休みなどに遊びに行き、御所でいっぱい蝉を捕ったりして、京の街には親しみがあった。

私が中学一年の時に、長兄が京大に入り、吉川幸次郎とか、桑原武夫とか、伊吹武彦とか、生島遼一とか、偉い先生方の本をしきりに買って家に持ち帰る。それを私も読んで、中学生なりに感銘を受けたのも憧れの原因である。そのうちに京大の研究者の、西夏文字の解読という記事を新聞で読み、また『漢の武帝』（岩波新書）などという本を読んで、東洋史という学問があるんだ！と興奮したこともある。

兄貴の同級生が大学の便所に入って、「湯川さんがオシッコしたはった！」と感激して出てきた、というような話を家でする。「湯川さん」はもちろん、ノーベル賞の湯川秀樹博士である。京都の人は京大の学生を大切にしてくれるらしい。それで私も何となくそのつもりになって、兄貴の買ってきたレコードを聴いて、「紅もゆる岡の花　早緑匂う岸の色～」などと歌っていた。いい気なものと言えばいい気なものである。

ところが、私は京大の入試に受からなかった。試験日当日、入試の手伝いに駆り出されたらしい学生が、受験生に見せつけるようにキャッチボールをしていて、「ええなあ、はよ、あの身分になりたい」と思ったことを忘れない。その場所にムラサキケマンという植物が生えていた。ムラサキケマンは、ウスバシロチョウの食卓、つまりその幼虫の食べる植物である。受験勉強なんか早く済ませて、採集に行きたい、と痛切に思った。

入試失敗の原因はもちろん、私に充分な学力がなかったからだが、我が母校の岸和田高校にも多少の責任を押し付けたい気がする。

泉州岸和田のお城のそばにある岸和田高校は、かつての大阪府立六中、すなわちナンバースクールである。「泉州の東大」と称するむきもあったが、戦前からの質実剛健を標榜するバンカラ主義の学校で、今とは違い、受験指導にはあまり熱心ではなかった。勉強しないでいい成績を取ることがかっこいいとされていたけれど、そんなこと、特別の人間でないとできるわけがない。

授業は、と言えば、世界史はルネッサンスまでしかいかなかったし、日本史は二年間、法隆寺の装飾の細部と条里制の話とに終始した。にこにこしながら、よだれを垂らさんばかりに話をされる先生の、秋田なまりとかいうその話しぶりはみんなに愛され、私としても、ちっとも嫌いではなかったけれど、入試対策のような下等なことはその気配もない。

あんまり言うと顰蹙を買うだろうけれど、化学の授業など、今の私でも、もう少し面白くできるのに、と思う。

なにしろ、同じ時代に、私立の六年制の学校では、高校二年生までにすべての科目を一度履修し終わって、あと一年、受験のために復習をする、などと、受験雑誌には書いてあった。それは優秀な生徒に、優秀な先生がそろって、初めて可能なことなのであろうが、なんとなくずるいような気もした。

私などは、英語だけはよく出来て、高校三年間、学期末試験はほぼ満点であった、というと立派なように聞こえるけれど、教科書からそのまま試験に出るのだから、全く大したことはないのである。その後予備校に行ったら、もっとよく出来るのがいた。

仕方がないから一年間、大阪堂島のＹＭＣＡ予備校に通った。You must come again. の頭文字を取ったなんて、縁起でもない冗談を言うやつもいたけれど、次の年は蛍雪の功あり、なんとか東大に受かった。

何故、京大をもう一回受けなかったか、と言えば、あのときキャッチボールをしていた学生たちの表情がまだ癪に触っていたからのような気がする。

それと、浪人中に小林秀雄、渡辺一夫、大江健三郎というような人の著作を読んで、東大仏文出身の人の中に、現役で活躍する文学者などがたくさんいて、ひとつの文化の中心がそこにあるような気がしてきたのである。自分自身に力がなければ、いくらそんなところに首を突っ込んでも、それは雑魚のとと交じりというもので、意味がない、というようなことはまだ分からない。

虫が好きだから、農学部か理学部に入って昆虫学をやる、というようなことを、小学生の頃は考えていた。九州大学に江崎悌三という昆虫学者がいて、この人の弟子にしてもらいたいと、勝手に考えていたのである。

ところが、大学では害虫駆除をやらされる、でなければ昆虫を材料にした生理学、と聞いて、これは早いうちに「虫は趣味にしとくのがよい」という先輩の忠告に従った。

入試に合格後、入学手続きの用紙が送られてきて、第二語学選択の欄に丸を付けるとき、フランス語か中国語かまだ迷ったけれど、フランス語にした。横文字の世界のことのほうが、漢字の世界のことより、独学が難しいだろうと、何も知らずに判断したからである。それに、吉川幸次郎先生のソノシート（フィルムレコードとも言った。その頃、本の付録に、そんなものが付いていた。ぺらぺらのビニール版のレコードを普通のレコードプレーヤーにかけて聞くのである）の唐詩の朗読が、はっきり言ってそれほど美しいとは思えなかったからでもある。

本来なら、親父が製粉会社を経営していたから、私は経済学部か農学部に入って、経営とか、小麦の研究とかをやらされ、会社を継がされたのかもしれないけれど、兄貴が二人いたのでそれだけは免れた。私は、水車屋の三男である。ただし、長靴を履いた猫は付いていなかった。自分でカラバ侯爵にでも何にでも成りすまし、世渡りをして行かなければならない。

とにもかくにも仏文科に入り、大学院に進学して、フランス十九世紀の詩人ランボーの研究をテーマにした。

「いったいそれは何をするんですか。翻訳でもするんですか」

と、後に、ある偉い昆虫学者に真顔で尋ねられたことがあるけれど、実際、世間の人から見れば外国文学の研究なんて、何をするのか分からないだろうと思う。

文学作品を真剣に読めば、翻訳も含めて、様々な疑問や解釈を思いつくものである。

その思いつくことを、「ユリイカ」のような文芸雑誌、「現代文学」のような同人雑誌に、夢中になって書き散らしているうちに、ある大学にフランス語教師の口があった。そういう有り難い時代だった。大学に仏文科が次々に出来、第二外国語の教師のポストもたくさんあった。国立大学が独立行政法人というような苦しい立場に立たされるのは、もっとずっと後のことである。

さて、フランス語の教師になって、そのうち何か書きたいとは思っていた。（何か書きたい、というのは、中学生ぐらいの頃からの想いだが、そういう、学校教師の給料をもらい、安全地帯にいてものを書くから、ろくなものにならないのだ、という意見もある。ごもっともだとは思うけれど、その日のパンの心配ばかりしていたのでは、趣味の昆虫どころではないだろうと考えて、教師になった。生ぬるい人生が私には向いていると思った。こう見えても、一応、ちゃんと考えているのである。）

さて、教師をしながら虫の随筆を書いたら、思いもかけず読売文学賞をもらうことになった。好きなことを一生懸命書いて褒められたのだから有り難いことなのだが、実を言えば、それまで私は読売文学賞の存在さえ知らなかった。

賞をもらうと、編集者に名を知られ、原稿の注文が来る。その中に『昆虫記』の翻訳を勧めてくれる人があって、それは自分も考えていたことだから断る理由はなかった。

かくて『昆虫記』を訳し始めて、気がついたら三十年経っていた。フランス文学のほうに戻ってきたら、斧の柄が朽ちていたのである。

その間も、もちろん、大学でフランス文学の教師などをしていたわけであるから、授業でテキストにランボーを取り上げないこともなかったが、どうもランボーは今の学生に不評なのである。

「地獄の季節」「後期韻文詩編」などを講読しようとしても、肝心の学生が熱心に付いてきてくれない。

それは私の教え方に問題があったのだろうと思うけれど、やっぱりランボーは難しい。それで学生相手にランボーを取り上げることはめったにしなかった。

実際、たとえば「酔いどれ船」と訳されている詩の一編を取ってみても、語彙も、比喩も、裏に隠されている意味も、いちいち、きちんと説明するのは難しい。

昔の仏文の学生ならば、教師が本当に分かっていなくても、いわばムードに酔ってくれたし、上田敏や小林秀雄の訳を持ってくれれば、それでなんとか――言葉は悪いけれど――ごまかすことはできた。しかし、今や、文語文の名調子は、それがまたチンプンカンプンのようである。

私としても、大学が定年になり、ファーブルも一応終わって、柄の朽ちた斧にまた新しい柄を付け直し、カツン、カツンとランボーに打ち込んでみようと思っているところである。

夢のまた夢

夜、眠れない時は何か楽しいことでも空想すればよいという。子供の頃からの夜型人間で、午前中ならいくらでも寝ていられるし、宵の口の七時、八時ならすぐ寝つける（その代わり三十分もしないうちに目が覚める）けれど、夜中の十二時を過ぎて、さあ、もう寝なければ、と思うと、俄然眠れなくなる因果な質の私は、さすがに午前三時を過ぎると、「もう、いくらなんでも寝なければ」と枕元の電灯を消してから、また長い時間を過ごすことになる。

楽しい空想の第一は、大金を獲得する夢である。大金と言っても、競馬や宝くじが当たって手にする一億とか二億というような端金（はしたがね）ではない。もっとずっと欲の深い話で、無限大の金と言うか、必要なだけの金がいつでも手元にあれば、と考えてみる。

どうやってそれを手に入れるか、などということは関係がない。とにかく金はあるとしよう。

それを何に遣うか——まず、土地を買う。それも、広大な地域の土地を買うのである。「土地なんか買ったら、税金が大変だろう」と心配してくれる友人がいるかもしれないけれど、大丈夫、それを支払う金もあることになっているからいい。

ただし、普通の土地ではない。買うのは活断層地帯である。日本にはどこにどれだけの活断層があるのか分からないとか、いや、実はよく分かっているけれど、混乱が起きるから、公表しないだけなんだよ、とか言うけれど、活断層地帯であることが判明している限りの帯状の土地を、膨大に買い占める。出来れば、日本全国の活断層地帯を全部自分のものにしてしまう。売ってくれなければ仕方がないから無理には買わない。それに活断層があっても、上に原子力発電所のような建物が既に建っているところは個人が買うと言っても売ってくれないだろう。

そんなに広い土地を買ってどうするか。そこに、木を植える、あるいは自然のままに放置する。何故かと言えば、ひとつには、そこに家があって、人が住んでいたら、地震が起きた時ひどい目に遭う。だから、ちゃんと保証をして、他所に移ってもらう。そこが山林や畑になっていたら、人の被害は少ないだろう。

もうひとつは自然の復元である。大昔から、その土地に生えていた本来の植生を回復させたい。

その場所の土質と気候に合った植物は何であるか調べ、それらが生えるように手助けをしたり、しなかったりする。そういう植物は、長い間には、放っておいても自然に生えてくる。植物と人間では寿命が違うから、大きな木が育つまで、こっちが生きていられないだけである。

山から海まで、広い帯状の土地で、そこに森があり、草原があり、川が流れていて、池や沼があったりすれば、日本はアフリカやユーラシアの真ん中の乾燥地帯などとは違って、日照時間も雨量も多いから、生物がたくさん住み着くことであろう。縄文時代以前の日本の自然が見られるようになるかもしれない。

そういうところで昆虫採集をしたり、魚釣りを試みたりしたら、どんな体験が出来るのだろうと空想すると、楽しくてまた眠れない。

放置しておいても自然が回復するまで待てない気のする時は、少し手を入れてやる。人工植林で、スギやヒノキの純林のようになっているところには、広葉樹が交じるようにする。

シカやイノシシが増え過ぎるなら、人を雇って撃ってもらう。

あるいはまた、一部の地域で、いっさい農薬を使わない農業をやってもらう——などと言っても、全く農薬を使わない農業というものが、いかに困難であるか、私だって知らないわけではない。

これは江戸時代の話だが、農薬がない時代には、害虫のためにイネがほとんど全滅し、もの凄い数の餓死者が出たそうである。たとえば、「享保の大飢饉」の餓死者の数は全国で、二百六十四万人にものぼったという。もちろん、この数字には異説がある。発表する人の立場が違えば数字は変わる。デモに集まった人間の数と同じである。いずれにせよ、江戸中期のこんな大悲劇を、我々はみんなすっかり忘れている。

もともと人間が一種類の植物ばかりを栽培することには無理がある。イネの主な害虫としては、ニカメイガ（二化螟蛾）、イネウンカ（稲浮塵子）などがあるが、わざわざ人間が自分たちの好物のイネばかりを大量に栽培してくれているわけで、これらの虫としては、感謝、感謝の状態である。

だから、かつてはたびたび、右に述べたような飢饉が起きたわけである。冷害もあったらしいが、虫害も多かったようである。いずれにせよ農民にとっては同じことで、対策としては、神仏に祈った後、水田の表面に鯨の油を流してから、ウンカなどを水面に叩き落とす。こういう小さな昆虫は、水面に落ちても水の表面張力で沈んでいかないから、油で表面張力が働かないようにするのだそうである。こんな防除法を、文政九（一八二六）年に、大蔵永常（おおくらながつね）という人が『除蝗録（じょこうろく）』という本に書いている。こうして虫を殺した後、その祟りが恐ろしくて造ったのが虫塚である。

この夏も、と急に話が身近になるけれど、東京のマンションのベランダで、プランターにバラやハーブを植えただけで、改めてその大変さを思い知った。

バラの花が咲いてしばらくすると、葉っぱが白く粉を吹いたようになり、元気が無いな、と思っているうちに茶色く枯れてしまった。

その後、近所の花屋で、今流行の香菜の苗を見つけてきて植えたのが、元気に伸びてきたわい、と喜んでいると、突然アブラムシが大量発生して、ほんの数日、目を離しているうちに、びっしりと虫に覆われてしまった。指でつぶせばいいのだが、折角だからいわゆる〝昆虫農薬〟の活躍ぶりが見たいと考えた。

「テントウムシが来てくれないかなぁ」

と思っていると、ちゃんと来てくれた。そしてアブラムシをもりもり食っているけれど、一匹ではとても食べきれないようである。

香菜はどんどん弱っていく。テントウムシ以外のアブラムシの捕食者であるクサカゲロウも、ヒラタアブも来てくれないし、仕方が無いから、指で香菜の茎をしごくようにしてアブラムシをつぶしたけれどもう遅かった。香菜は見るも無惨な有様になって、とうとう枯れてしまった。

ここはマンションの三十一階なのである。最初のアブラムシは、どうやってここにたどり着いたのか。

アブラムシは不思議な虫で、ふだんは翅の無い、緑色のしずくのような形をしているのだが、それが単為生殖でどんどん殖え、取り付いた植物の茎に針のような口吻を突き刺して汁を吸う。一匹、一匹は微小であるけれど、何しろもの凄い殖え方をするから、植物のほうは弱ってしまう。

その頃突然、翅の生えた個体が生まれてくるのである。これを有翅虫（ゆうしちゅう）という。その有翅虫が風に乗ってどこかに飛んでいく。そうやって新しい天地というか、植物の植民地を開拓するのである。

八百屋の店に出して、消費者に選んでもらえるような野菜は、いったいどうやって、あんなに見事なものをあんなに安く売ることが出来るのだろうといつも感心する。

もともと、人間が、特定の栽培植物だけを大量に育てるということが無理なのである。害虫が発生すれば、手でつぶしたり、天敵を連れて来て駆除の手伝いをさせる。もちろん大変な手間が掛かるし、今の日本のスーパーの店頭に並んでいるようなすっきりした風呂上がりのような野菜はそろわないかもしれない。

話がそれた。活断層の森の話に戻る。とにかくその土地に自然を復元し、ちょっと農業のようなこともしてみる、という話であった。人件費は膨大にかかる。それらの人件費も、もちろん、夢資金から出る。

そうすれば、山の木は、今のような人工植林のスギ、ヒノキばかりではないから、大雨が降っても、保水力があるために洪水になりにくいに違いないし、根もしっかり土を掴んで、土地の崩落が起こりにくいのではないかと、想像する。

そうすれば、何十年に一度か、何百年に一度か分からないけれど、恐ろしい地震が来ても、あまり人が死なないで済むのではないだろうか、というのが、私の空想の始まりなのだが。

コレクターと眼の老化

どうも寝付きが悪い。昔は午前一時、二時には寝入っていたのに、この頃はどうかすると三時、四時ということがある。初めは用心して四分の一しか嚥まなくてもよく効いた睡眠薬も、すぐに二錠でも効かなくなった。

もっとも、これは考えてみれば当たり前で、不眠症というような高級なものではなくて、昼まで寝ているような生活をしているからである。大学も定年になったし、何時にどこへ行かなくては、ということがないから――そして、よほどのことがなければそういう約束はしないようにしているから――いつまででも寝ていられる。

しかも、放っておいたら、昼を過ぎて、一時、二時まででも寝ている。朝五時には目が覚めて寝床の中でじっとラジオを聴いているという同年輩の友人がいるけれど、私の場合、明るいうちはよく眠れる。

そもそも、宵の口に、晩酌のあと、少し眠ってしまうのがよくないのだ。といっても、どうしてもとろとろと眠くなる。「ここで眠ったら深夜の不眠地獄だ」と思うけれど、気がついたら椅子に座ったまま、ほんの少し眠ってしまう。「あんなにいびきをかいて」と家人が笑っている。だから、夜眠れないのは自業自得なので、それでも本を読むから何とか過ごせると思っていたのだが、最近そうはいかなくなった。眼が悪くなったのである。

夜中に灯りを点けて本を読んでいると、眼がしょぼしょぼするようになってきた。無理をして読み続けていると頭痛がして、眼球が痛くなることもある。

朝起きて鏡を見ると眼が腫れている。顔の中で眼に一番老化がはっきり現れるようである。鼻肌も、もちろん老化するけれど、見かけ上、老化の主役は何と言っても眼であって、まあ、鼻が老化するというようなことはない。

昔の人は老年になるとよく失明している。滝沢馬琴などもそうだし、西洋の博物学者のように、未発達の顕微鏡などを見つづけていた人たちも失明している。パリの植物園、ジャルダン・デ・プラントのよく目立つ所に、あのフランス式進化論のラマルクの大きな像があって、傍らの娘が「おとう様、今に世間が復讐してくれますわ」と慰めているが、本人はすっかり悲嘆にくれる盲目の老人の体である。そういうのは困る。

今は、白内障などは手術で治るそうである。それも日帰りで済むというほど簡単なのだと言う。

「手術の様子、ユー・チューブで見られますよ。見ます？」

と言ってくれる人がいるけれど、そんな怖いもの誰が見るものか。麻酔薬を目薬のように差してくれて、痛みはないというものの、針がぶすりと眼に突き刺さるはず。眼を刺されるのなら、嫌でも見ないわけには行かないだろう。

勝手なことを言うようだが、私のように昆虫好きの人間は、失明だけは困る。蝶の標本なぞ、撫でたら翅が壊れてしまう。甲虫なら肢が取れる。

もちろん、私もとっくの昔から老眼で、細かい字は老眼鏡をかけてさえ見づらいから、そのうえに虫眼鏡を使うこともあるし、翻訳などをしていても、あまり細かい活字の注釈部分の校正などは、わざわざ拡大コピーで文字を大きくしてから読むこともある。

最初にショックを受けたのは、昔自分の書いた字が読めないことに気がついた時であった。「まさか」と思った。しかし、いくら眼をこすっても読めない。

昆虫コレクターは、針を刺した虫の体の下にまた小さな紙のラベルを刺す。その虫を採集した時と場所、そして採集者名を書いて標本に付け、記録しておくのである。それがないと、いわゆる学術的価値がない。そんな記録のない物はただの虫の死骸だ、ゴミだと、やかましく言う。

それにしても、虫体に直接針を刺し、その下にまた記録紙を刺す、というのは大した発明である。こんな思い切った乱暴なことは、繊細な日本人には思いつかない。十八世頃の西洋人の発明である。

江戸期の日本人の昆虫愛好家、というか博物趣味家は、せいぜい虫を紙に包んで樟脳を入れ、桐の箱に保存するぐらいであった。それでは紙を開くたびに虫体のどこかが破損しやすい。それに虫ケラごときに針を刺すには、針というものが豊富になければならない。大量の安価な、鋭い針は、しかも、錆びにくいものは、江戸時代には手に入らなかった。幕末の博物学者田中芳男という人は、慶応三（一八六七）年のパリ万博に日本の昆虫を採集して持って行くようにという命を受けて、まず針を探しに横浜まで行った。横浜の英国人の仕立て屋が針を都合してくれたそうである。やはり、インフラの整備がなければ科学研究も、趣味のことも進まないのである。

この頃では、いろいろな道具が発達したおかげで、たとえば、ヒマラヤの高地やニューギニアの奥地で採った虫にはGPSで、正確な位置を測定し、その記録を標本に付したりすることができる。だから、中国の奥地に採集に行くのに重い厚い、大きな腕時計をして行ったりする。こんな時計もやがては紙一枚のように薄い物になるかもしれない。

そういうデータを、昔はペンの奇麗な字で一枚一枚書いたものである。タイプライター発明以前は、西洋人も字を奇麗に書いた。

蝶の標本なぞは、虫体にラベルが隠れてしまうけれど、小さな甲虫の標本になると、ラベルの字が嫌でも目立つ。だから、出来るだけ小さな紙に奇麗な、規矩の正しい字でデータを書き、標本に付けるのである。肢や触角がぴしりと決まり、そういう精緻なラベルの付いた標本が標本箱の中にずらりと並ぶと、整列の美というものが発生する。全体主義国の大統領ではないけれど、見た目にとても満足感のあるものである。

私にしても、小学生の頃から、そういうラベルに工夫は凝らして来た。小さい子供にとって、ペンで横文字を奇麗に小さく書くのは難しいことであるが、それでも、出来るだけ規則正しく丁寧に書いたものである。

私が小学生の昭和三十年代に、大阪・梅田の阪急デパートに昆虫用品の売り場があって、たまに戦前の台湾で採集された標本なぞも売られていたことがある。それに奇麗なペン字で書かれたラベルが付いていた。それをお手本にして丁寧に、

21-VII-1956, Izumikaturagisan, Osaka, Japan

などと書いた。「和泉葛城山（いずみかつらぎさん）」は私の田舎の、近所の山である。こんなことがもし、学校の宿題だったりしたらあんなに熱心にはやらなかったであろう。

青インクは消えるからいけない、と昆虫採集指南の本に書いてあったから、製図用の黒インクを探した。近所の文房具屋にはそれがなくて、取り寄せてもらったらずいぶん日にちがかかった。かつての田舎は、ことハイカラなものに関する限り、何もかも不便であった。

ずっと後にフランスの昆虫標本売り立て会で、ジャワ島産の百年前の糞虫の標本を手に入れ、細かい字のラベルをピンセットでそおっと外して顕微鏡で覗いてみたら、「Indes Orientales（東インド）」と書いてある。そのインクの字の鉄分が赤く錆びて盛り上がっていた。「こういう風に東インドを複数形で書くのは、帝国主義的だ」とフランス人の標本商が言ったが、いかにも帝国主義の時代、つまり博物学の黄金時代が懐かしいらしかった。

やがて大学に入ってタイプライターを手に入れると、ラベルをタイプで打つようになる。フランス文学の論文を書く、という名目で親父に送金してもらったのだが、実を言えば本来の用途に用いることは稀であった。それより虫のラベルを打つのに使い、また海外の標本商に手紙を書くのに大いに活用した。

それにしても、タイプライターの文字はラベルには少し大き過ぎるなあと思いながら使っているうちに、コピー機が普及し始め、わたしの勤務する大学にも備えられた。それに、縮小、拡大機能というものが付いているではないか。なんという有り難いことか。

それでも漢字の地名はタイプで打つより手で書いたほうが分かりやすい、などと思っているうちに、ワープロが出現し、中国奥地の難しい地名などは字が出て来ないけれど、日本の普通の地名なら大抵間に合うようになった。

時代はさらに進んで、パソコンを誰でも使うようになった。パソコンなどというもので文章を書くようになったら世も末だと、しばらくの間主張したものだが、使ってみればこれほど楽なものはない。継ぎ接ぎで、緊張感のない、だらだらした文章をぽつぽつと書き綴るにはもってこいである。

そのパソコンで昆虫標本のラベルを打ち出す。おまけに百円ショップというものが至る所に出来て、石油を原料とするのであろう、標本箱の底に敷けば昆虫針が刺しやすい軽い材料や、乾燥標本を加湿軟化するのにぴったりのタッパーなどというものが、本当に百円で売られている。実に世の中のことはすべて我々昆虫コレクターのために出来ていると思わざるを得ないのである。

ファーブル昆虫館の一日

その日、私としては例外的に早起きをして、千駄木にある「ファーブル昆虫館」に駆けつけた。水道工事の職人さん達が来て、地下の便器を付け替えてくれることになっている。昆虫館に着くと、大きな工事用のワンボックスカーが館のガレージからはみ出すように止まっていた。

取り替えるべき古い便器は、フランスのJacob Delafon（ジャコブ・ドラフォン）社製である。社名の後にParisと付く。この会社はフランスでいちばん普及している製陶会社のようで、いやしくも男子たるもの、あちらに行って、小用を足す時は必ず、この名を神妙に見つめることになる。神経を集中していると、嫌でも目に入るところにその名が書いてあるのだ。少なくとも昔はそうであった。

新品の便器は日本製である。ところが、しばらくして、工事の人が、「この便器と、ここのパイプとの口径が合いません。フランスの基準じゃあねえ」と言いに来た。工具さえも合わないのだと言う。「カタログを見て、口径の合う便器を探します。今日はこれで」とのこと。

我々の昆虫館にあるこの便所がよく故障するので、今日の工事を頼んだのである。

普通のと、車いす用のと、こういう博物館に類する施設では、規定によって、便所はふたつ造らなければならないのだが、そのどちらもが、水が洩ったり、ざーと流れっぱなしになったりする。

朝来てみると、地下室の床が水びたしということがこの十一年間に三回あった。幸い、透明な、奇麗な水なので、雑巾に吸いこませてからバケツに搾る、というようなことを延々と繰り返してなんとか急場を凌いだ。

最近の漏水事故の場合はちょうど、三階の集会室で東京農工大学ＯＢの昆虫研究会の集まりがあって、その人たちが大勢で手伝ってくれた。てきぱきと、妙に手際がいいと思ったら、学生時代に、この中の数人がチームを組んで、ビルメンテナンスのアルバイトをしていたのだという。私はついている。

「こういう時は、ちりとりを使うと有効なんですがね」

と、床の水を掬い取る時のコツを今後のために教えてくれたりもした。

その日は近所の水道屋に電話しても、あいにく休日だったのだ。だから、翌日になるのを待ちかねるようにして、来てもらった。ところが、水道屋さんの社長は、手をこまねいて見ているだけで、ちゃんとした処置はしてくれない。（それでも修繕費というのは取った。）彼は二代目である。先代社長は職人気質の人で、もっといろいろ工夫をしてくれたように思うけれど、二代目になると、どうもやる気が無い。大学でも出ているのであろう。

「ポンプを替えて下さい」

とか言い捨てて帰ってしまったが、後日ビルメンテナンスの会社を通じて来てもらったポンプメーカーの人がメモリを調節したら、ちゃんと治った。

「だいたいねえ、こういう小規模な建物で、地下に便所なんか造るもんじゃありませんよ、地下からポンプアップするのが大変なんですから」

と、最初に故障した時来た職人さんに諭されたけれど、もう遅い。

この「ファーブル昆虫館」の建物は、軽金属製で、上部がふくらんだバルーンのような形をしている。蚕の繭をイメージしているのだという。道沿いにはレモンイエローの低い塀があり、植え込みに樹齢五十年のクヌギの木が三本並んでいる。外見はなかなか洒落ている。

しかし、これを建てる時、このクヌギが問題になった。これがあると、重機が働き難いから、いっぺん全部伐って更地にしたほうが工事費も安上がりだ、と建設会社の人は言うのである。

要するに鉄筋コンクリートの箱を作ればいいのであって、木なんかまた植えてあげますよ、とも言った。こういう人はどんな木を植えてくれるのだろう。

私がこの木を惜しむのには理由があって、実はこれ、私の母親が植えてくれたものである。昭和四十年に、大阪の私の実家の近く、両親がいつも散歩に行く小川の岸辺に生えているクヌギの老樹のドングリを、新幹線で持って来て、指でちょい、ちょいと掘って植えてくれたのである。それがこんなに大きくなった。樹齢五十年にしてはずいぶん太い。夏には樹液が出て、そこにカナブンや、サトキマダラヒカゲ、たまにゴマダラチョウが集まってくる。ごくごくたまにルリタテハ。

そしてその横に植えたエノキに、最近はアカボシゴマダラが産卵に来る。中国から来たとおぼしき蝶である。狭いながらもちょっとした里山風環境が住宅地に出来ている。それをいっぺん更地にしたのでは、そりゃあ工事はしやすかろうが、土壌微生物も含めて、完全に一掃されてしまう。

ファーブル昆虫館の建物は、地下一階、地上四階建てで、今言ったとおり、上部が膨らんだ形である。

建物の外見は、なかなか大したものなのである。茂ったクヌギの奥に、繭の形を模した白銀色の建物が鈍い光を放って輝いている。

しかし、この外見を形成するために、内部では、床の形は平行四辺形になっている。それに壁の、床からの立ち上がりが垂直でないので、市販の家具を置くと、背の部分に逆三角形の無意味な、あるいは哲学的な隙間が空く。

設計図を描いたのは建築のデザイン賞をいくつか取っているフランス人だが、我々のように小規模な、予算も限られているところが、こういう人に頼んだのはやっぱり間違っていたのかもしれない。

日本の気候の、季節ごとの日当り、風の向き、雨の降り方とも合わないようである。台風の時などには、非常扉から風雨が吹き上げ、雨水が滲みてくる。


私は、『ファーブル昆虫記』の翻訳などをして、ふたつの言葉と文化の間で板挟みになって三十年も苦労してきた。自分の好きな虫についての観察記録の翻訳という、仕事か道楽か分からないようなことなのだが、その翻訳なら、注釈を付けて言い訳をするところだけれど、天候とか気象が相手となると、それが利かない。建てられてから十一年も経過すると、難しいことが次々に出来(しゅったい)する。話は飛躍するけれど、国際結婚というのは大変なんだろうなあ、と他人ごとながら思ったりする。

和辻哲郎でも読み直すと、あの「風土論」がしみじみ身に沁みて分かるかもしれない。

このファーブル昆虫館の地下には南フランス、ルーエルグ地方にあるファーブルの生家の内部だけを忠実に再現してある。一階は昆虫標本とファーブル紹介の展示、二階は窓のない標本収蔵庫で、日本にしかないのに何故か「ドイツ型」と呼ばれる大きな標本箱が三千個ほど収まるようになっている。四階は書庫。集会と、子供のための標本製作教室などは三階の会議室で行なっている。

土、日の午後だけの開館だが、それでもスタッフが足りなくて苦労する。人件費の予算が無いのである。年間の予算は、固定資産税と水道光熱費でほぼ全部無くなる、だから、まめに電灯を消し、なるべくクーラーではなく扇風機でがまんする。

それなのに、ああ、それなのに、それなのに、若いボランティアなどに来てもらうと、真夏には、「暑い、暑い」と言って、室温設定をなんと十三度に下げ、しかも窓を開けっ放しのまま帰ってしまったりした。地球を冷やしてどうする、と言いたいが、文句を言ったら来なくなってしまう。

ボランティアの方々は、我々の趣旨に賛同して、あるいは、面白いから来てくれるわけで、義理も何もない。面白くなければ、来るわけがない。何が悲しゅうて、大切な休日をつぶしてまで、こんな道楽を手伝わなければならないのか、ということになってしまう。

支出の中で一番大きいのは、だから、固定資産税である。それは何故かというと、NPOに認定してもらったからなのだ。

建物に人が住んでいないと、住んでいる場合の倍額になる。だからと言って、住んだらNP

Oとは認めてくれない。そんな殺生な。しかも活動が停止すると、その資産は譲渡しなければならないというのだから、ますます殺生である。

土地は、私がもともと住んでいたところであるが、建物がなくなったら、本と標本の行くところがない。

「こんな大きな建物を建てて、金持ちなんでしょう！」と決めつける人が時々いるけれど、いいえ、とんでもハップン。これは寄付してもらったのだ。小生は、筆一本、いや今はパソコン一台の痩せ腕の境涯に苦しんでいる。昔の中国人なら、「破硯（はけん）にて食す」と言うところ。

「没収を免れるにはどうしたらいいでしょう」

とNPOの本拠のようなところに訊きに行ったら、

「NPOの法律も、会社法に準拠して整備してありますから、どうしても性悪説になります」

とのこと。これでは小生も、当分死ねないなあ、と思わされた。早いうちに何か名案はないものか。

お金の話

お金のことを書こうと思う。何も威張って言うようなことではないけれど、何を隠そう、私はお金にはあまり縁がない。ただ時々欲しいと思うばかりで、どうしたらお金が儲かるかについてはあまり考える気がしないし、考えたところで上手いアイデアなんか私には浮かばないだろう。もっとも、遣い道についてならいろいろいい考えもあって、自分も実行し、人にも教えてあげたいくらいなのだけれど、順序として儲け方のほうが先に来ないと話が始まらない道理である。

そういう、お金では素人の私がそのことについて文章を書こうと思ったのは他でもない、最近、財界人の報酬のことで新聞テレビが騒ぎ立てるからである。「大会社の社長や会長が、年俸九億円ももらっていますが、この金額をどう思いますか」、と街頭で普通のサラリーマンや主婦を掴まえ、マイクを突きつけて訊いている。道端でいきなりマイクを突きつけられてこんなことを聞かれても、どうもこうもないと思う。大抵の人が「ちょっと想像が付きません」と素朴なことを答えていた。

これが昭和の二十年代だったら、「資本家はけしからん、我々労働者は搾取されている」とか、「今すぐ革命を！」という声がきっと上がったことであろうが、今の人は何となく苦笑いのような表情で、「いいんじゃないんですか、まあ、それぐらいは取っても」とか、所詮自分には縁のない話という感じの答えが多かったようである。

実際に、上に立つ人が愚かで判断を誤れば、会社はたちまち傾くのであるから、大会社の社長ともなれば、高い給料を取っても会社に儲けさせてくれる人ならそれにふさわしいのではあるまいか。それが不愉快というのは話の筋が違うであろう。

今景気は悪く、したがってサラリーマンの給料は削られているし、一方にワーキングプアーと呼ばれる若者までいるとメディアは伝えている。タクシーに乗っても運転手さんは景気が悪い悪い、と必ず言う。私だって自分の本がもうちょっと売れてもいいと思うけれど、これは必ずしも景気の問題ではなくて、主として若者の関心の問題でもあるらしいからやっぱり話の筋が違う。

そもそもこういう高額所得者のお金のことを我々普通の人間が考えるのには無理があるだろう。あれこれ言うための基礎知識が欠けている。

ところで騒がれている当の高額所得者のその名前を出してしまえば、そのニッサンの社長カルロス・ゴーン氏は、日本で税金を払うのであろうか。とすれば税金の率はアメリカなどの社長と違って随分高いと思われるが、その税金のことを新聞テレビはひとことも言わなかったように思う。税金をたくさん払えば社会に大いに貢献するのだから、もう少し褒めてあげる人がいてもよさそうな気がする。

日本の所得税率は戦前と戦後とで違う。昔は普通のサラリーマンは所得税なんか払っていなかったのだということを何かの本で読んだことがある。

一方で三井の大番頭、鈍翁と号した益田孝などの年俸は、今の金額に換算すると二十億円ぐらいに相当する、とかなり昔の骨董の本に書いてある。骨董の本に、と言うのは益田は有名な茶人で、骨董の収集家だったからである。現在の金でもよい、年収が二十億円あれば、欲しい焼物でも屏風でも何でも買える。井上馨、藤田伝三郎、原三渓、赤星弥之助……とかつての美術骨董の蒐集家はみな、今ではちょっと想像もつかないような大金持ちで、税金のシステムが違うから、いわゆる可処分所得がたっぷりあった。でなければ大収集家にはなれなかったはずである。おまけに人件費が安かったのであるから、女中さんでも書生でも、大勢、家に置けたのである。主人に使用人の給金の百倍の収入があれば、余裕をもって人が使える。

我々の記憶にあるところでは昭和の三十年代頃、累進課税率は今よりずっと高く、たとえばベストセラー作家の松本清張氏など、四百字詰め原稿用紙の二行四十字と二マスだけが自分のお金として残り、あとは税金になるのだと聞いたことがある。

また大実業家の松下幸之助氏は、膨大な所得税を取られても、お国に払うのだからと、一切節税対策というものをしなかったそうである。これは一種の美談として伝えられていたようである。日本ではお金持ちになれる立場の人が清貧を貫くというのは非常に人気を得やすい美徳である。行政改革に晩年力を尽くした土光敏夫氏がメザシを食っていたことなどはその象徴であった。あのフランスでも、かつてのドゴール大統領は質素な生活で人気があった。

戦後日本の、過度の累進課税率はシャウプ勧告というものに基づいて決められたのだと子供の時聞いた。なんでも、戦後日本に乗り込んできた、若いアメリカ人の理想主義的な経済学者だか法学者だかが、極端な金持ちも極端な貧乏人も作らないためにこういう制度を日本に作らせたのだと、やはり子供の時に説明してもらったように思う。ところで野球選手やサッカー選手、芸能人の高額所得についてはそれほどみんなが騒がないようである。むしろスポーツ新聞なんかが、高額の所得は、その選手の甲斐性のように書きたてる。

ヨーロッパのサッカー選手やアメリカ大リーグの選手の年俸は、何年契約で何十億円とかもの凄いものだが、これを社会的に見て不当だという声はあまり聞かれない。もっとも、スポーツ選手が現役で活躍できる期間はそれほど長くはない。人の肉体の絶頂期はほんの数年である。

後は技術がものを言う。一般に道具を使うスポーツほど選手寿命は長持ちする。同じ野球選手でも、直接球を投げるピッチャーより、バットで球を打つバッターのほうが長く現役でいられることになる。広い球場を走り回って球を蹴らねばならないサッカー選手の寿命は野球選手より短かく、わざわざ二十一歳以下の選手を集めて試合をしたりする。あのベッカム選手がもうベンチにいるではないか。

人気選手も成績が悪いとプレーしている最中でもファンからぼろくそに言われるらしいからそれはそれで辛いことであろう。

スポーツ選手よりも芸能人よりも、もっと効率よく高収入を得るのは、その元夫人である。プロゴルファーのタイガー・ウッズが離婚するとして、その奥さんは財産の半分、何十億という金を手にするらしい。この人が何をしてこれだけの金を得るのか、羨ましいと思う人は多いに違いない。とにかく亭主の稼ぎに応じて慰謝料なるものがもらえるなら、元夫人と、それに雇われた弁護士ほど儲かる商売はない。

国によっては金持ちが狙われる。自身のみならず、子供が誘拐される危険があったりする。有名人などというのは仕事柄、人に注目されることが必要な人もいるだろうけれど、やたらに写真を撮られたり、サインを求められたり、プライバシーがなくて不自由であろうと推察する。もっとも、騒がれないと寂しいというような心理の人もいるだろうが、それは習慣によって変形された心理である。

　財界人が大金を手にすると、特に非難されやすいのは、歴史的な経緯があるからか。昔の財閥の重役などというものは、人に恨まれても仕方のないことをしているようである。

　高い給料を取ると高い税金を取られるという制度が続くと、会社のような組織を作り、そこの金で贅沢をして、なるべく必要経費で落とすという工夫をするようになる。銀座などの高い店では、自腹を切っている人はあまりおらず、大抵領収書をもらっているらしい。あれがまるまる落ちる人も、落ちない人もいるわけだが、とにかく領収書はもらうように税理士が指導する。それは当たり前で、税金を払った後の、やっと残った金で支払ったのでは、効率が悪い。氷の塊を水で洗っていると手の中でどんどん小さくなるけれど、高額所得者にとって税金を払った後のお金はその氷のような感じのものではあるまいか。そんな小さな氷のかけらみたいなお金でいい、やっぱりお金が欲しいと、話はまた初めに戻る。

時代遅れの記

人工知能（ＡＩ）は今や万能になろうとしている。チェスのチャンピオンを打ち負かした時には世界中が驚いた。

それでもしかし、将棋の名人には当分勝てないだろう、なぜなら、将棋の場合、相手の駒を取ったらそれを自分のものとして使うルールであって、ゲームとしてはチェスよりはるかに複雑だから……というようなことを言っているうちに、人工知能があっさりプロ棋士に勝ってしまった。

そしてとうとう、囲碁ＡＩ「アルファ碁（Alpha Go）」が、こういう頭脳ゲームにおいてもっとも複雑とされる碁において、世界トップレベルの韓国の棋士、イ・セドルを四勝一敗で破ってしまった。

しかもその一敗は、「アルファ碁」の突然の暴走、つまり故障に原因があったのだという。

その試合で「アルファ碁」は始めから凄かった。長年碁の世界で研鑽を積み、いわゆる定石を知り尽くしているプロの碁打ちの思いもかけなかったような手を打つ。テレビで観ていると、解説者が笑ってしまうような変な手なのだが、それが後で効いてくるから、観ていて恐ろしくなる。

もちろんこんな話は今、誰でも知っているが、勝負事の世界だけではなく、文学の世界でも人工知能が活躍しそうになってきた。小説も書くようになるかもしれないという。現に、ＳＦ小説の人工知能による試作が始まっていて、時々人間に助けられながら、ではあるけれど、なんとか作品を仕上げるらしい。

しかしそれより、今流行りの韓流ドラマのようなテレビ番組の筋書きを書くだけなら、人工知能は大いに活用できるであろう。

過去のヒット作を参考に、ドラマの要素になるもの、すなわち家族、友人、会社の人間同士の関係、それぞれの人物の性格の設定、それから、そういう人たちがよくする物言いというか、基本的セリフ、それに、癌、交通事故、事業の失敗、会社の破綻、記憶喪失、重要人物の死、突然転がり込んで来た莫大な遺産、または負債。そうした人生の有為転変の、まさに劇的要素の組み合わせを人工知能に任せるのである。そうすれば、あっと驚くほどのプロットのバリエーションを作ってくれるだろう。それを材料に、人間のライターが手を入れることにすればよい。

場合によってはあの「アルファ碁」と同じで、プロの脚本家らが「そんな馬鹿な！」と、思わず声を上げてしまうような、変な筋書きができ、そしてそれがしばらくして視聴者にひどく受ける、というようなことがないとも限らない。

出演する俳優のほうは、関係者の好みも、プロダクションの意向も、コネも関係なく、ビッグデータを活用して、今後、本当にブレイクする人を使えばいいんだ……などと言ったら、毎日昼間からテレビを観て、感激して泣いているファンならびに制作者に叱られるだろうか。

いや、そんなことは、人工知能なんか使わなくても、パソコン一台あればできますし、現にもうやってます。と言われることなのかもしれない。

それで想い出したのだが、中学生のときに、ガモフという理論物理学者の書いた『1、2、3、…無限大』（崎川範行訳、白揚社）という本を読んだ。当時評判になっていたのである。その中に、「あらゆる文字と印刷記号の可能な全ての組み合わせを印刷する自動印刷機によって、どれだけの行数の文章が印刷されるか」が、計算してあったのである。

英語のアルファベットには二十六個の文字があり、数字には十個、普通の記号には十四個あるから、合計五十個の記号がある。普通一行は六十五個の活字で印刷されるから、云々という、ガモフ先生の説明の途中は省略するが、その機械は「一行ずつ順番に印刷してゆき、アルファベットの文字その他の印刷記号の組み合わせが各行おのおの違っているように、自動的に印刷してくれる」ことになっている。

すると、「一行全部の可能な配列の数」は、「10^{110}に等しい」ということになるという。それがどれほど膨大な数であるかが、その本にはちゃんと説明してあった。今それを本棚から引っ張りだしてきて読み直したが、中学生の時に読んだのと同じで、やっぱり気が遠くなる、というのが実感である。その部分を引用する。

この行数がどんなに大きい数であるかは、次のような仮定をしてみるとよくわかる。宇宙の中のすべての原子がおのおのこのような印刷機一台に等しいと仮定すると、一時に$3 \cdot 10^{74}$台の機械が存在することになる。さらに、これらのすべての機械が宇宙の創造以来三〇億年すなわち10^{17}秒のあいだ、原子振動の割合で、つまり毎秒10^{15}行の印刷速度でたえまなく運転していると仮定することにしよう。そうすると、今までに約$3 \cdot 10^{74} \times 10^{17} \times 10^{15} = 3 \cdot 10^{106}$行印刷されたことになるはずである。しかし、これは前の行数のわずか一パーセントの約三三分の一であるにすぎないのである。

（G・ガモフ コレクション③『宇宙＝1、2、3、…無限大』白揚社）

＊$3 \cdot 10^{74}$は3に10を七四回掛けるということを意味する。（本文より）

たしかに、凄い数らしいことだけはよく分かった。これでは、機械の印刷したものの中から意味のある文章を選び出すより、自分で書いたほうが、早い。もちろん、書ければ、の話だが。ところが、ディープラーニング（深層学習）では、同じ文字の連続のような、文章として意味の通らないものは自動的に排除することが出来るという。

とすれば、まず、世界で一番短い定型詩、つまり俳句をそのコンピューターに作らせてみたらどういうことになるであろう。

俳句は、五、七、五で、しかも季語が入るけれど、ここで、上の句の五字だけをコンピューターに任せてみるのである。下の句のほうは、まあ、無いと格好がつかないから、どんな上の句にも合う例の万能の句「根岸の里の侘び住まい」を仮に持ってくるとしよう。

そうすると、残るは五字分だけである。一方、「あいうえお」は五十音ある。この際出来るだけ単純化して、濁音も拗音もみんな省略してしまう。つまり、「あいうえお五十音の中から五文字を組み合わせて文を作れ。同じ文字を何度使ってもよい。ただし、日本語として意味をなさないものは排除せよ」、とディープラーニングに命じることになる。

単純計算だと、五十の五乗という膨大な数の句がまず出来るのだが、それをディープラーニングがハネる。「ああああ根岸の里の侘び住まい」というようなのは、外すのである。その結果どんな句がどれだけ残るのであろうか。

そして、それが俳句の全作品というか、後にも先にも、上の句のすべてとなる。その中に「古池や」も「夏草や」も含まれることになるのであろう。

膨大な数の五文字の組み合わせの中から、俳句になっていないものを人工知能に排除してもらう、と今言ったけれど、同じ字の連続をハネるようなことは容易いとしても、難しいのは、俳句とは何か、ということをディープラーニングに教えることであろう。たとえば、

あいうえお根岸の里の侘び住まい

は、俳句として認められるだろうか。

季語はないけれど、ひとつの情景が目に浮かぶ。今の台東区根岸のあたりは、かつては妾宅が多かったのだというから、たとえば、旦那との間に不憫な子が生まれて、寂しい母親が、三味線の稽古の傍ら、その子に一生懸命「あいうえお」の手習いをやらせている情景を想像することもできる。これを季語がないから、というだけの理由でただちに没にするのはどうかと思う。雰囲気は俳句的ではないか。しかし、

かきくけこ根岸の里の侘び住まい

となると、俳句として認められるのかどうか。「さしすせそ……」となると、認められる可能性はもっと低いであろう――というようなのはまあ、例外的な話。

いや、待てよ、さっき落とした「ああああ根岸の里」にしても、「あ」の連続を退屈のあまりの欠伸、と取れば、これも俳句だ、というような意見も出るかもしれないが。しかし、そういうのもやっぱり省略することにしよう。

とにかく、はっきり俳句的な作品を、ディープラーニングを用いるとそれこそ、あっという間に出来てしまうのであろう。

音楽で言えば、古賀メロディーの新作なども出来そうである。

やがては、本当に小説も書くようになる。私小説でも、ミステリーでも歴史小説でも何でも来い、かも知れない。

たとえば、太宰治の語彙をすべて覚えさせ、口調、言い回し、思考方法、文体も覚えさせて、その真似をした文章を書かせる。特に松本清張や司馬遼太郎や吉川英治のように多作の作家の場合、データが豊富ということになるが、主要作品はもちろんのこと、断簡零墨に至るまで学習させて、いかにもその作家らしいテーマなり、ストーリーなりを与えて、文章を書かせるのである。

そうすれば、太宰治の「新作」が読める。もちろんこれは「贋作」ということになる。そのうち、故人である谷崎や三島の「新作」はよいが、現存の作家の人工知能による贋作の禁止は合法か、などということが争われるようになるかもしれない。

そして、そのうち、こんなことをして何になるか、ということもやはり人工知能が考えてくれるようになるのだろうか。

「すみません」

新聞か何かの調査で若者に「将来についてどう考えていますか」と訊いたところ、ずいぶん多くの人が、「暗いと思う」と答えたという。

「ああ、やっぱりか、そりゃまあ、そうだろうなあ」というのが大人たちの感想のようである。今、自分が若者の立場にあったらどうしているだろうか、と考える。

しかし、かつての若者つまり、いわゆる団塊の世代が若かった頃にこういうアンケートを実施したら、やはり同じ結果が得られたに違いないのである。

あの時代、「我々の未来は明るいです」などと答えたら、「お前、バカじゃないか」と言われた。「何を暢気な、日本は今深刻な状況にあるんだ」と言うほうが、かっこよかったわけで、少なくとも表面的にはペシミズム、ニヒリズムが流行りであった。

若者はいつの時代でも深刻ぶるのが好きである。暇を持て余していた学生時代、私などは喫茶店で時間つぶしをすることが多かったが、私が通った大学のそばの、「麦」という名の名曲喫茶の客の大半は、難しい顔をしてレコードに聞き入る学生だった。

名曲喫茶については、多分、その言葉の説明をしなければなるまいが、これは、クラシックのレコードが揃えてあって、音楽を鑑賞したり、静かに読書したりする喫茶店で、「らんぶる」とか「でんえん」とか、店名の趣味にも共通性があった。擬似西欧、それも十九世紀の西欧が模範となっていたようである。ベートーベンの交響曲や室内楽曲なんかがよくかかっていて、地下の一室に、それこそ、ただならぬ雰囲気が漂っていた。あの人達のうち、どれだけの人が本当に音楽を楽しんでいたのだろうか、と思うことがある。でないと、今のクラシック音楽の不振は説明が付かない。文学と同じで、若者は皆、そんなものを卒業してしまったのであろうか。

その頃、フランス人の留学生に、「日本の喫茶店はどうして、教会みたいにデザインしてあるの。ステンドグラスが好きなのか」と不思議がられたのを思い出す。お金持ちの家に行くと、客間がやはり同じ趣味で造られていて、ガスストーブの暖炉までしつらえられていたものである。あれを燃やすと部屋の湿度が上がり、インフルエンザの流行っている時などにはいいようであった。

ところが、現今の若者にそんな無駄な気どりはどうやら無い。だから、本当に「暗い」という感想を持っているのであろう。

ためしに私のゼミの連中に、

「君たちも未来は明るくないと思う?」

と話しかけてみると、

「就活の時にそういうアンケートが来たりしたら絶対、暗い、と答えますよ」

と言った。

「そうか、何遍でも落とされるもんなぁ」

と、別の学生の顔を見ると、うん、とうなずくようにして、

「毎日毎日着なれない服を着て、知らない会社に行って、似たような面接を受けて、似たような作文を書かされるし、理由もよく分からずに落とされてばっかり。自殺者も多いんですよ」

となめらかに付け加えた。かなり鬱憤が溜まっているらしい。

なるほど。ということは、首尾よく会社に就職できた連中に同じアンケートを実施したら、年代は同じでも、日本の未来は明るいという返事が返って来るということか。

「いや、そうでもないと思いますけど。暗いという答えは減るでしょうね」

と、中々慎重である。

いい加減にゼミは始めなければならないけれど、もう少し訊いてみたい。

「じゃあね、タイムスリップというようなことがもし出来たとして、いつの時代に一番行きた

い？　日本史の中で、だよ」

　すると、みんな意外に真剣な表情で、

「すみません。もう後戻りはできません」

　何が「すみません」だかよく分からない。しかし、

「スマホとウォッシュレットの無い時代には行けません」

　と笑ったのもいた。実を言えばこの私もそれには同感である。スマホでなくて、旧式のケータイでもいいけれど、いや、それも無ければ無いでいいけれど、水洗便所だけはとにかく確保したい。いやいや、そんなことを私は訊いているのではない。歴史上の日本の時代とか社会の中で、いつが君たちにとって理想に近い時代だったと思っているか、ということである。ひょっとして、「スマホを持って安土桃山時代に行ってみたいです」などと言う奴がいたりして。

　そう思って質問しても、誰も答えようとはしない。

「じゃあ、江戸時代の中期はどう？」

「生まれ変わるとして、水呑み百姓はモンダイガイ。お殿様なら考えてもいいです」

「お殿様の日常だって結構不自由なものだったらしいよ」

「じゃ、いいです」

　と鷹揚なものである。

「幕末の若者に、さっき言ったみたいなアンケートをとったらどんな結果が出ただろうね。アメリカから黒船に乗ってペリーがやって来た頃だよ。その頃、下級武士で志の高い青年が、たとえば英国の支配下にある香港に行ってみる。そしてどんな光景を目にしたか。そういう話何かで読んだことがあるでしょう。高杉晋作とか」

「さあ、知りません」

「英国人が辮髪の中国人の曳く人力車に乗って、あっちに行けこっちに行けと命令するんだけど、言葉が通じないから座席から靴をはいた足で、中国人の後頭部をこんこんと軽く蹴る、というような話」

「ほんとですか」

「本当かどうか知らない。でも本にはそう書いてある。そういう光景を見て、これはもう、尊王も攘夷も無い、西欧が本気になって武力で攻めてきたら日本はひとたまりもないだろう、そして日本もこんな目に遭う。そんなことになったら大変だ、と、その日本のインテリは思ったでしょう。そりゃあ思うよ。それまで自分の国の中で、尊皇だとか攘夷だとか、血相を変えて議論してきたことが馬鹿馬鹿しくなる。

世界地図で日本という国を見てみると、たしかに、我が皇国は極東の小さな国にすぎないんだ。そこに、北からはロシア、太平洋の彼方からはアメリカが開国を迫ってくる。一方、日本の航海術ではアメリカに行くなんて考えられもしないわけだ。それなのに向こうは重い大砲を積んだ鉄の船でやって来るんだよ。

イギリスやフランスは、実際にこの清国と戦争をして勝っている。それも、無理やり開国させて、イギリスのごときは麻薬を売りつけ、税関で中国の役人がそれを焼き捨てたからと言って武力を用いたんだからね。新宿か六本木で今でもヤクザがやってるね。このヤロウ買わねぇか、とか言って」

「やってませんよ。今はネットで売るんです」

「あ、そう。でも、とにかくそんな時代にさっき言ったみたいなアンケートを実施したらだね、どんな結果が出るかね」

「どういうアンケートですか」

「だから、日本の未来は暗いか明るいか」

「そりゃあ、暗いと答えるでしょう。真っ暗ですよね」

「僕の住んでる、東京のマンションの近くのお寺に、川路聖謨という人のお墓があるんだ。〝かわじ　としあきら〟と読むんだけどね。このあいだ散歩していてその表示を読んだんだけど、幕末に、ロシアのプチャーチン相手に外交交渉をした人なんだね。文久三年の外国奉行だ。開国直前に自害している。ピストル自殺だそうだ。その当時の状況から考えて我々の先祖はよくもまあ、今の日本みたいな国を造ったと思わないか」

そう言うと、学生がなんとなく用心深そうな顔で私を見たようであった。「この先生、右翼の保守主義者なのかな」と思ったのかもしれない。これ以上雑談をしていても興味を持ってくれなさそうになってきたから、話はそれで切り上げたけれど、アンケートの相手が幕末の若者全体ということになれば、「日本の将来の問題」などと言われても、いったい何のことなのか、考えることも出来ない人たちが沢山交じっていたに違いない。普通は自分のことで精いっぱいで、それが健全ということなのであろう。

歳を取ったせいか、この頃私は自分の幼かった頃の生活をよく思い出す。昔の日本家屋は寒かった。そして親たちは子供が病気にかかることを極度に恐れていた。もちろん自然は豊かであったが、いくら自然環境が豊かであっても、結核、コレラ、腸チフス、赤痢、盲腸炎などで、子供も大人もあっけなく死んでしまうような、あんな時代にはもう戻れないと思うのである。

「すみません」と学生は言ったが、なに、私も誰かに向って「すみません」と言いたい気がする。

集団の記憶はまだらボケ

毎年終戦記念日になると、テレビで特集番組が放映される。その冒頭では街中で通行人を掴まえて、「今日は何の日か知っていますか」と質問するのが恒例のようになっている。反応は三種類である。

「ええ、知ってますよ、終戦記念日でしょう」

と、何を当たり前のことを聞くんだ、と不満そうに答える人もいるけれど、

「えーっと、何の日だったたっけ。分かりません。あっ、そうだ、終戦記念日だ」

と、申し訳なさそうに言う人もいれば、底抜けに明るく、

「えーっ、わかんない。海の日?」

などと、嬌声を発してごまかすような人もいる。最初のほうの反応をするのは戦時中子供だったとおぼしきお年寄りで、次は中年の男性。最後は若い女の子である。ちょうど夏の盛りの暑い日であるから、女の子はタンクトップに短パンの、半裸のような姿だからテレビ映像とし

てもヴィジュアルである。

最初のジャンルの人は少なくなりつつあるのだが、このテレビを観ているほうでも、かつては、

「なんだこいつら、終戦記念日も知らんのか、学校で何教えてんだ」

と、なんとなく優越感を感じながら、若者を馬鹿にしていた人間のほうが多かったはずだが、今はどうなのだろう。

今は、家でテレビを観ている人間でも、「ああ、そう言えば、今日は終戦記念日だったんだ」ぐらいの反応が増えているはずである。なにしろ戦争が終わってからもう七十年も経つ。十年ひと昔と言うのに、いつの間にかその七倍の時間が経ってしまったのだ。この戦争の前には、関東大震災があった。それから数えると、なんと百年に近くなり、実際の体験者はもうほとんどいない。

テレビ番組のほうは、戦争の悲惨さを伝え、安楽な生活に馴染んで、何もかも忘れやすい我々に注意を喚起するのが本来の目的なのだろうが、これを作っている関係者だって若い人のはずで、戦争なんか実際に知っているわけではないから、とんでもないヘマをして年寄りに笑われるようなことのないよう気を使っているであろう。

もうだいぶ前だが、海水浴場に臨時の料理場を用意して、水着の女の子なぞを掴まえてきて、

魚をさばいてもらったり、卵焼きを焼いてもらったりする番組があった。見ていると若い女の子が実に無茶苦茶なことをする。非常識と言ってもよいぐらいで、包丁も俎板もフライパンも使い方を知らないのであった。本気でやってるの？　それともわざと？と、訊いてみたいようなすさまじいことをするのもいて、驚くとともに、嘆かわしいというか、腹立たしいというか、実に面白いのであった。来週はどんなのが登場するか、また見てみたい気がした。だから番組としては成功したのであろう。

こういう被験者に、料理が出来ない理由を尋ねたり、叱ったりしたら、「だって、習ってないもん」とふくれることであろう。何もかも、家庭と学校がいけないということになる。

しかし、「終戦記念日も知らんのか。学校で何教えてんだ」と言われても、日本史の授業では、なかなか第二次大戦まで到達しない。若者の言う通り、「習ってない」のである。話はせいぜい明治維新ぐらいまで。ちなみに私自身、現代史の授業などというものは、中学でも高校でも受けたような覚えが無い。どこかに書いたけれど、私の高校の日本史の先生は、いかにも人のよさそうな、秋田なまりの老人で――と言っても、考えて見ればあの方は、まだ五十代だったことになるのだが――いつも楽しそうに、涎を垂らさんばかりにして、「この装飾を、かえるまたと言います」などと、法隆寺の建築の細部のことばかり話していたように思う。

普通には、学校で習わないことは覚えられないものである。漢字にしてからが、先生から教えてもらわなかった字は、筆順にしてもなんとなく自信が持てない。独学というのは悲しいものである。

私はどうだったかと言うと、戦争のことは、周りの人から教わったり、感じ取ったりした。昭和十九年三月の生まれであるから、こう見えても、防空壕に入った体験はある。しかしなんの記憶もない。物ごころついた頃から、周りに、苦労のあげく復員してきた人や、戦争中羽振りがよかったなどという人がいた。戦地での惨憺たる体験で少し頭がおかしい、と言われている人が、私の父が経営している工場で働いていて、夜は私の家で夕食を食べていた。しかも、そういう人が二人もいたのである。二人とも口が重く、ほとんど話をしてくれなかったのだが、ある日、おかずに出たシシトウの思いきり辛いのを平気でパクパク食べて、私たち子供を驚かせた。外地でいつも食べていたのだそうである。

俗に集団の記憶は三十年と言う。悲惨な記憶も、恐怖の体験も、三十年経つと風化してしまうというのである。体験した本人は鮮明に覚えていても、やがてその人が死に、その話を聞かされて育った子供たちの記憶も徐々に薄れていく。だからまだらボケなのである。

とは言え、人間は忘れることによって救われてもいるのであって、たとえば、大空襲の夜、爆風によって屋根のトタン板が吹っ飛び、そこに立っていたお隣のよっちゃんの首が一瞬で無くなった、というような鮮烈な光景が、いつまでもその同じ鮮明さで記憶に残っていたのでは神経が持たない。記憶は徐々に薄れて行き、変形し、本人の死と共に滅びる。何度も何度もその話を聞かされた近親者も、間接の経験は滲んだコピーのようなものであるから、本人の記憶とは根本的に違うようである。

だからこのまだらボケ的記憶の中で本当に大事な、忘れてはいけないものは、公的な機関ででもきちんと残していかなければならないのだが、どうも、それが難しいようなのである。

残酷な、悲惨な体験の記憶がいつまでも薄れなければ神経が休まらないし、身が持たない。忘れることは人間にとって、一種の安全装置のようになっているのであろう。

ペン胼胝（だこ）

何か読む物を持ってくるのを忘れて来たことに、電車に乗ってから気がついた。いつもは護身用に、何かしら鞄に入れてくるのだが、まあ仕方がない。

どうせ大した距離、乗り続けるわけではない。それに老眼で、しかも朝から晩まで活字を追っている日常だから、電車の中ぐらいは眼をつぶっていればいいようなものだが、私には瞑目も瞑想も出来ない、というか長続きしない。

外の景色が見えるなら見るけれど、あいにくと地下鉄だから、山も野原も見えない。「鉄橋だ、鉄橋だ、楽しーなー」と小学生の頃歌ったものだけれど、「思う間もなくトンネルのー」どころではなく、初めから仕舞いまで、いつまで経ってもトンネルの闇の中である。

ひとわたり車内を見回したが、注目に値するような変わった人もいないし、しげしげと鑑賞したくなるような美人もいない。午後の空いた時間である。

中吊り広告の、週刊誌の見出しに出ている人名は有名人のはずなのだが、私はさっぱり知らない。そう言えば最近、死んだ人の本ばかり読んでいる。

乗客はほとんどみんな、座席でケータイやスマホをいじって、ゲームか通信か、その世界に没頭しているようである。

ひとつの車両の中にこれだけの人がいて、それが互いに目も合わさず、ものも言わず、それぞれが外部に電波を飛ばしたり受けたりして、自分の世界を造っている。そしてその集団全体がゴーっと、猛烈な速度で移動している……と考えると、なんだか変な気持ちになってくる。

股を広げ、新聞を大きく広げて読んでいる男もいないし、本を読んでいる女もいない。中に一人、若い学生風の男で、親指をモーレツな勢いで動かし続けているのがいた。そのスピードがひときわ速い、というより異様である。何かその種の、技能オリンピックにでも出場しようかという強い決意でもあるのかと思うほど。スマホが熱くなっているのでは、と、ちょっと触れてみたくなった。

しかし、これぐらい速く打つためには、いや、液晶画面にタッチするためには、日頃から怠りなく、相当の訓練をしていなければならないだろう。それも、幼い頃から始めなければ駄目、と言うのかもしれない。「五歳からではもう遅いんです、三歳からじゃないと。脳の発達が違ってくるんです」、と、子供にヴァイオリンを習わせている教育ママが言うのを聞いたことがあるけれど、それに近い世界だったりして。

たしか、古代ギリシャの詩の一節に、川岸の丈高いポプラの樹の、無数の細かな葉がきらきら輝きながら風にそよぐ様を、糸を織る乙女の素早い指の動きにたとえたところがあったように覚えているけれど、スマホ青年の親指はそれに似て速い。ただし優雅さというようなものはない。

それで想い出した。戦前の本を読んでいてよく見る表現に、「織るように」というのがあった。人通りの激しい様を、そう表現するのである。しかし、戦後は全く使われないようである。ついでにもうひとつ「満を引く」という言い方。たとえば、「今日の宿に着いてほっと一息、ビールの満を引いた」など。これも使われなくなった。

というような古くさいことを考えながら、スマホの曲打ちに見惚れていたが、あまりじっと見つめると、向こうも視線を感じて、こっちを見返すだろう。私には彼の行動を咎めたりする気は毛頭ないから、目をつぶる。雑念が萌すだけ。また眼を開く。退屈。

啄木の真似ではないけれど、じっと手を見ると、右手中指の第一関節の左側が目立ってふくれている。しかもそれが、青く染まっているではないか。

こんな古くさい指を人前に曝してよいものか。いや、これは一種、職人の手なのだ。誇りを持とう、と言いたいが、たとえば子供が見ても、この指の軽い畸形と汚染の意味は分かってくれまい。

要するに、子供の時から、鉛筆や万年筆で字を書いてきたから、そこに胼胝ができ、それにインクが付いているのである。

昔は、教師も、事務員も、役人も、字を書く人なら誰でも、右手の中指はみんなこんな風であった。左利きの子の場合はむりやり矯正されたから、左手にペン胼胝の人は珍しかったと思う。

実はこの私も小学一年生の時に、左利きを直された一人である。朝、家から学校まで送って来てくれたおばあちゃんが、始業前の教室で、鉛筆を左手に持っている私に、「ほらまた左で書く！」と言って窓の外から大きな声で注意をしたから私は赤面した。恥ずかしかったのはギッチョであることではない、おばあちゃんの当たりはばからぬ叱声が、である。

しかし、こんな指の胼胝は、時代を遡れば多分、江戸時代の人間にはなかったのではないか。筆で字を書く人は右手中指の第一関節にだけ力がかかるような持ち方はしなかったはずである。筆の上のほうを持ってさらさらと、という具合だった、と書かれた字から想像する。

その点、テレビの時代劇なんかだと、カツラを被って変な筆の持ち方をした役者が、おぼつかない手付きで字を書くふりをしていたりする。

ところが、この前たまたま見た、日中合作みたいな、中国古代史のドラマでは、木簡にゆっくり字を書いていく様が、手元だけしか映さないのだが、それこそまことに様になっていた。

ひょっとして、書の手練れならぬ「手タレ」が、あちらの国にはいるのかもしれない。デモの様子を映したニュースなどを見ると、看板、横断幕に書かれた漢字が、あの、書の国でも、日本ほどではないとは言え、ずいぶん下手になっているようだからである。

あとがき

子供の時、ぱらぱらめくった文学全集などの肖像写真で見ていたから、織田作之助には親しみを感じていた。

オールバックという髪型がはやっていた頃である。七、三にわけたりすると、それとはちょっと違ってくるのだが、ポマードを塗ったそういう髪型をして、痩せて頬骨の張った顔の大学生が当時もよくいた。

もう少し歳上だと、兵隊に取られた年代である。それから、歳が上であっても、肺結核のおかげで助かったという人たちもいた。

学校の先生にも、私の兄貴たちの家庭教師の先生にも、そういうタイプの人がいて、やたらに煙草を吸うのだった。煙草の銘柄は「光」や「新生」である。ラッキーストライクなどという洋モクを吸う人もいて、キザな感じだった。「ピース」は高級品で、学生などの吸うものではなかった。

左翼思想も流行していたが、みんな痩せて、栄養失調気味という時代であった。夏は白シャツ、それ以外の季節は学生服。野球のスタンドは白シャツで埋まった。オダサクの時代は私の幼年時代にもまだ続いていた。

その代表作とも言うべき、『夫婦善哉』は、映画化され、森繁久彌と淡島千景の名演で、すっかりそのイメージが確立しているし、それは実際素晴らしいものだけれど、オダサクの大阪には、都会的な背景を支える河内、和泉の土くさい要素が底流としてある。「オダサクと螢」ではそのことを強調したかった。

＊

実を言えば、牧野信一という作家のものを、最近まで私は読んだことがなかった。ただ、井伏鱒二の「晩春の旅」と、坂口安吾の「小田原に行ったら、牧野さんが昆虫採集の恰好で出てきた」という断片で、ずっとこの名前が気になっていたばかりである。

そのうちに、「ベツコウ蜂」を読むことができて、なるほど、これは本物の虫屋だ、と思った。事実関係にちょっと無理があり、ハッキリ言って無駄の多い文章だと思うけれど、私は、及ばずながら、この作家の味方がしたい。一票を投ずる思いでこの文章を書いた。

と、書いて行くと「あとがき」の範囲を超えてしまう。いまさらながら、言っても仕方がないけれど、日頃思っていることをつたない文章に書くことは、恥多き人生の、その上塗り作業である。それでも、こうしてまとめていただいて、有り難いことと思っている。書き下ろしのものは別として、雑誌連載時に多くの方々にお世話になっている。そして本書を編集してくださった小山香里さんには特にお礼申し上げたい。

奥本大三郎

二〇一八年晩秋　ファーブル昆虫館にて

【主要参考文献】

芥川龍之介著『芥川龍之介全集』第三巻、筑摩書房、一九六四年
飯倉照平監修『南方熊楠英文論考［ネイチャー］誌篇』集英社、二〇〇五年
井伏鱒二著『井伏鱒二選集』第三巻、筑摩書房、一九四八年
井伏鱒二著『井伏鱒二全集』第五巻、筑摩書房、一九六五年
織田作之助著『織田作之助選集』第一、二、五巻、中央公論社、一九四七〜一九四八年
開高健著『新しい天体』光文社文庫、二〇〇六年
坂口安吾著『坂口安吾全集』02、筑摩書房、一九九九年
坂崎坦編『日本画談大観』目白書院、一九一七年
田山花袋著『花袋紀行集　第二輯』博文館、一九二三年
田山花袋著『東京の近郊　一日二日の旅』磯部甲陽堂、一九二〇年
中道春陽・中川憲一著『八大山人（書学体系　碑法帖篇　第四十二巻）』同朋舎出版、一九八五年
夏目漱石著『漱石全集』第四巻、岩波書店、一九六六年
広津和郎著『動物小品集』築地書館、一九七八年
広津和郎著『廣津和郎著作集』第三巻、東洋文化協会、一九五九年
牧野信一著『牧野信一全集』第五巻、筑摩書房、二〇〇二年
松枝茂夫ほか訳『歴代随筆集（中国古典文学全集　第三十二巻）』平凡社、一九五九年
三浦慎悟ほか著『小学館の図鑑ＮＥＯ　動物』小学館、二〇〇二年
三島由紀夫著『命賣ります』集英社、一九六八年
南方熊楠著『南方熊楠全集』第七巻、平凡社、一九七一年
森鷗外著『渋江抽斎』岩波文庫、改版、一九九九年
山下方亭・福本雅一著『呉昌碩 篆書（書学体系　碑法帖篇　第四十九巻）』同朋舎出版、一九八五年
横瀬夜雨著『雪あかり』書物展望社、一九三四年

ジャン=アンリ・ファーブル著、奥本大三郎訳『完訳ファーブル昆虫記』全十巻二十冊、集英社、二〇〇五〜二〇一七年
ジュール・ルナール著、岸田國士訳『博物誌』白水社、一九五一年
ジョージ・ガモフ著、崎川範行訳『1、2、3、…無限大』白揚社、一九五一年
ジョージ・ガモフ著、崎川範行ほか訳『G・ガモフ　コレクション③　宇宙=1、2、3、…無限大』白揚社、一九九二年

*収録にあたって、加筆修正を施した。改題したものもある。

【初出一覧】

Ⅰ　作家論

織田作之助と蛍　書き下ろし
蜘蛛と人生——広津和郎——　豊田市美術館「蜘蛛の糸」展図録、「蜘蛛の糸=Spider's thread：クモがつむぐ美の系譜—江戸から現代へ」蜘蛛の糸実行委員会、二〇一六年
田端の芥川龍之介　書き下ろし
頭の中の大図書館——南方熊楠——　「Kotoba」二〇一五年春号
牧野信一と昆虫採集　書き下ろし
『輝ける闇』から『珠玉』へ
〜フウマ先生に出会うまで——開高健——　「Kotoba」二〇一四年秋号
異端者の視線——ファーブル——　「Kotoba」二〇一七年夏号

Ⅱ　鶏肋集

ナチュール・モルト　『ART GALLERY テーマで見る世界の名画（六）静物画　静かな物への愛着』（集英社、二〇一八年）

実感的書論　『石川九楊著作集Ⅸ　書の宇宙　書史論』ミネルヴァ書房、二〇一七年

遅読術　「アステイオン」二〇一八年八九号

揚州十日記　「アステイオン」二〇一三年七九号

『それから』　「アステイオン」二〇一五年八二号

アリの貴族、または怠惰について　「アステイオン」二〇一五年八三号

カネタタキ　「アステイオン」二〇一三年七八号

モモンガの気持ち　「アステイオン」二〇一七年八六号

花の夢　「アステイオン」二〇〇九年七一号

ファーブルからランボーへ　「學士會会報」九二九号、二〇一八年三月

夢のまた夢　「アステイオン」二〇一七年八七号

コレクターと眼の老化　「アステイオン」二〇一六年八四号

ファーブル昆虫館の一日　「アステイオン」二〇一八年八八号

お金の話　「アステイオン」二〇一〇年七三号

ＡＩと贋作　「アステイオン」二〇一六年八五号

「すみません」　「アステイオン」二〇一四年八〇号

集団の記憶はまだらボケ　「アステイオン」二〇一四年八一号

ペン胼胝　「日本経済新聞」朝刊、二〇一六年七月十七日付

〈著者略歴〉

奥本大三郎（おくもと　だいさぶろう）
フランス文学者・作家。一九四四年啓蟄（三月六日）、大阪生まれ。東京大学文学部仏文科卒業、同大学院修了。埼玉大学名誉教授。NPO日本アンリ・ファーブル会理事長、虫の詩人の館（ファーブル昆虫館）館長。『虫の宇宙誌』（青土社）で読売文学賞、『楽しき熱帯』（集英社）でサントリー学芸賞、個人完訳『完訳　ファーブル昆虫記』（全十巻、集英社）で菊池寛賞・JXTG児童文化賞を受賞。他にも『蟲の饗宴』（世界文化社）、『奥本昆虫記』（教育評論社）など著書多数。

JASRAC　出　1813433-801

奥本大三郎随想集
織田作之助と蛍

二〇一九年二月四日　初版第一刷発行

著　者　奥本大三郎
発行者　阿部黄瀬
発行所　株式会社　教育評論社
〒一〇三-〇〇〇一
東京都中央区日本橋小伝馬町一番五号
PMO日本橋江戸通
TEL　〇三-三六六四-五八五一
FAX　〇三-三六六四-五八一六
http://www.kyohyo.co.jp

印刷製本　萩原印刷株式会社

定価はカバーに表示してあります。
落丁本・乱丁本はお取り替え致します。

ISBN 978-4-86624-019-0